AF383717

LA FEMME

SANS PAREILLE,

OU

CONDUITE DE M. REY,

DEPUIS SON UNION

AVEC Mlle HIRTH,

JUSQU'A LA SÉPARATION

DEMANDÉE PAR SA FEMME;

MÉMOIRE UTILE

AUX BONS ET AUX MAUVAIS ÉPOUX,

ET A TOUS CEUX QUI LES ENTOURENT.

...... *Vita est nobis aliena magistra.*
(Syrus.)

La vie des autres est une leçon pour nous.

A PARIS,

Chez

L'AUTEUR (M. REY), rue Thérèse, n°. 1er.;

DELAUNAY, Libraire, Palais-Royal ;

MONGIE, Libr., Boulevard Poissonnière, n°. 18 ;

PÉLICIER, Libraire, Place du Palais-Royal.

1821.

AU LECTEUR.

LA malignité ne se doutait pas que ses coupables efforts préparaient son antidote. Devenu *nécessaire* à ma justification, peut être ce scandaleux opuscule sera-t-il de quelque utilité pour autrui : *Vita est nobis aliena magistra.*

La calomnie, si odieuse en elle-même, combien n'est-elle pas plus révoltante dans la bouche d'une femme qui la dirige contre son mari, dont elle devrait cacher les torts réels, s'il en avait ! Qu'elles sont loin de la morale les âmes mercenaires qui s'établissent les ministres de cette perversité !

D'autant plus coupables qu'elles sont les témoins de mon innocence, qui pourrait les plaindre, si mon Mémoire en fait bonne justice ? Elles ont voulu me ravir le trésor de l'estime ; les nobles sentimens n'y renoncent jamais : je répugnais à prendre la plume ; elles m'y ont forcé. Si *le véridique* exposé de ma conduite met la leur dans un trop grand jour, ce ne sera que le fruit de leurs œuvres.

Semblable à l'immobile rocher, battu, outragé par les vagues fougueuses de la tempête, auxquelles il semble enfin imposer silence, mon honneur, illustré par des revers, domine, et terrasse enfin l'odieux parjure, la téméraire audace, la lâche calomnie, l'outrageante injure, la ténébreuse cabale, la perfide trahison.

CONDUITE DE M. REY.

1. J'épousai Mademoiselle HIRTH, le 25 février 1818; elle voulut que son contrat fût fait en séparation de biens. Son avoir consistait en un cinquième, dans une maison alors en vente, qui lui produisit environ 25,000 f., dont on préleva 6,000 f. pour combler sa dette et la mienne (d'environ 1,400 f.). Restait net 19,000 f.

2. Ma femme s'applique, depuis plusieurs mois, et avec un soin incroyable, à me faire une réputation qui lui tienne lieu des faits et des preuves qui lui manquent pour arriver à la séparation, ou qui me force à la reconnaître pour bonne, afin de mériter qu'elle ne me fasse pas de mal. C'est l'adoration du mauvais Génie. Il y avait déjà quelque temps que l'idée m'était venue de faire imprimer un écrit qui, comme un miroir fidèle, reproduirait tous les faits essentiels auxquels il faut attribuer notre désunion, et dans lesquels joueraient leurs rôles, toutes les personnes qui y ont eu quelque part. Ma justification était très-facile; mais elle ne pouvait malheureusement s'o-

A

pérer qu'aux dépens de la réputation de ma femme. Cette considération m'y avait fait renoncer ; mais comme le mal fait des progrès dont il n'est pas possible de calculer les résultats, et que je ne veux point que mon fils ait un jour à rougir de son père, je me suis déterminé à mettre au jour ce Mémoire. L'expérience m'en a d'ailleurs démontré la nécessité. Il est facile de faire le mal, mais il est difficile de le détruire, même avec les meilleures raisons possibles. Je ne puis donc me dispenser de faire connaître le véritable état des choses, aux personnes dont j'ai à cœur de conserver l'estime. Des explications verbales demanderaient plus de temps que je n'en ai, et qu'on ne peut m'en accorder ; les faits seraient nécessairement tronqués et mal retenus. Aussi est-il arrivé plus d'une fois, qu'après m'avoir entendu parler des causes de la désunion de mon ménage, pendant plus de deux heures, on m'adressait encore cette question : *Mais quelle est la cause de la désunion de votre ménage ?* On voit qu'il n'y a pas à balancer ; l'impression du Mémoire est de rigueur.

J'espère que, loin de porter atteinte à ma réputation, il pourra au contraire l'affermir et l'étendre. Mon fils le verra, *si Dieu lui prête vie :* innocente victime de l'égarement de sa mère, il gémira sur le sort de son père.

3. La conduite de ma femme est si étrange, si extravagante, qu'en plus d'un endroit cet écrit ne serait pas compris, si je ne commençais par indiquer son inconcevable caractère. Je demanderai une fois pour toutes, la permission de ne faire scrupule d'aucun terme, afin que la vérité n'éprouve ni contorsion ni équivoque; je demanderai encore qu'il me soit permis d'éntrer dans des détails qui, au premier coup-d'œil, peuvent paraître minutieux, mais qui amènent quelquefois des résultats du premier ordre, qui souvent corroborent la vérité, et qui ne peuvent pécher que par leur inutilité. Je tiens plus à la vérité qu'à la dignité, qu'à la concision du langage, qu'à toutes les considérations d'amour-propre. On n'en a plus guère quand, malgré toute la prudence possible, une dure fatalité vous livre à toutes les horreurs du scandale et des revers qui l'accompagnent.

4. Ma femme se figure qu'elle est une *grosse dame*; elle fait tous ses efforts pour le paraître; elle veut qu'on lui croie du savoir, qu'on l'adule, ou que du moins on la craigne. Force semonces, force menaces; tous ceux qui n'abondent pas dans son sens démagogique sont des traîtres; si j'y abonde moi-même, surtout contre un tiers, elle change de langage et prend vivement sa défense. Elle veut, à quelque prix que ce soit,

qu'on la dise, qu'on la trouve bonne ; les générosités, les prodigalités, les petites attentions, les complimens, sont les récompenses de ceux qui veulent bien flatter ses défauts, et répondre à son avantage, quand il lui plaît de les interpeler ; les rodomons qui ne veulent qu'être justes et raisonnables, doux et complaisans sans bassesse, qui ne s'efforcent point de mériter ses faveurs, qui, par conséquent, semblent douter de son excellence, ne doivent attendre que des humiliations et des injures distribuées à tort et à travers ; et pour faire sentir combien son élévation est grande, elle s'applique à prouver que son mari, que l'on compte pour quelque chose, est pourtant fort au-dessous d'elle, et qu'elle ne l'a épousé que par bonté d'âme. Elle en parle en ces termes aux étrangers, et notamment aux bonnes et autres personnes qui viennent demeurer dans la maison : *Je suis la maîtresse ; si vous sortez de la ligne de votre devoir, je vous releverai du péché de paresse. Tout ceci est à moi ; je suis fille de propriétaire ; mon mari n'avait rien quand je l'ai épousé ; j'ai même payé ses dettes.* S'il n'y a pas de querelles entre elle et moi, elle ajoute, pour prouver qu'elle se connaît en hommes de mérite : *Je l'ai épousé pour ses talens, ses vertus, ses bonnes qualités ;* s'il y a quelque brouille, et il y en a presque toujours, elle se représente comme victime de son propre mérite : *J'ai fait le bonheur d'un ingrat ; il mange mon pain, c'est un gueux revêtu, un paresseux, un lâche ; il dissipe ma fortune, on l'a vu chez les filles, il vit avec cette demoiselle, il court les catins, il n'a plus de religion, personne que lui seul ne m'a dit que je fusse une bête ; on m'a au contraire toujours dit que j'avais de l'esprit ; c'est un manent, un grossier, nn égoïste, un orgueilleux, un monstre ; j'ai bien des précautions à prendre pour qu'il ne m'empoisonne pas ; sans la crainte des lois humaines, il m'aurait déjà donné le coup de pouce : il n'est pas digne de me posséder ; je l'attaque en séparation, quoique ce soit bien triste pour une femme de 41 ans, d'être tout à la fois privée de son mari et de sa liberté. Quoi ! vous soutenez un monstre comme ça ! il est bien changé ; le sang me monte à la tête ; madame, sortez d'ici. J'ai bien du regret d'être mariée avec cet homme-là, moi qui ai refusé tant de bons partis. Cependant, je triomphe toujours ; je le mâterai, je le dompterai, je le réduirai ; il mettra les pouces. Je lui défends de venir ici le soir ; il n'y viendra le jour qu'autant que je le voudrai bien ; j'irai chez lui quand je voudrai, y faire esclandre si ça me fait plaisir ; que dis-je, chez lui ? c'est chez moi ; je suis bien libre d'y casser des carreaux ; tout ça c'est de mon argent. On est souvent puni pour avoir trop bon cœur. Je lui ai encore donné quatre de mes mouchoirs de poche, pour qu'il s'en fît des cravattes; il en aurait acheté avec mon argent. Cette salope pouvait bien lui donner de ses fichus. Voilà qu'il me fait demander un écheveau de fil; qu'il en achète; si je le lui donne, ce n'est que par charité, et comme je le donnerais à un pauvre qui n'aurait pas d'argent, etc. etc. etc.* Ce sont là les entretiens qu'elle se permet avec ses inférieurs; ce sont là les propos qu'elle publie dans tous les quartiers de Paris, et dont elle m'accable de nuit comme de jour, et en présence d'étrangers, notamment de la domestique, qui me respectera si elle peut. Malheur à moi si ma femme en est coiffée; malheur à moi si elle la prend en grippe. Dans l'un et l'autre cas, j'aurai tort, et la bonne aura raison, ma femme le voulant ainsi pour faire preuve de toute puissance ou de bonté. C'est la même chose avec les demoiselles de comptoir: elles n'ont, de ma part, ni prodigalités à attendre, ni injustices à craindre : si elles méritent que je leur fasse quelques réprimandes, ma femme saisit ce coup de temps-là pour se les gagner. Elles sont d'ailleurs toute la journée avec elle; je ne les honore pas, comme ma femme, de l'arbitrage dans nos querelles; avant le 3 de février, je leur parlais peu, plus du tout du 3 au 21, où j'ai cessé de les voir, et j'ignore maintenant jusqu'à leurs noms. Elles ne me connaissent que par **ma femme**; elles sont toujours trop nouvelles pour la connaître, je ne la connais pas encore moi-même, quoique je sache très-bien que c'est pour elle un plaisir indicible que de triompher de moi par ses inférieurs, parce qu'alors elle triomphe de plus haut. La désobéissance envers moi leur est commandée ; elle est exigée en toute rigueur ; je n'ai pas même la satisfaction de voir mon fils, que la bonne refuse de m'apporter. Si je mande une demoiselle de comptoir (ce qui n'est arrivé qu'une fois) , celle même que je ne demande pas, répond : *Nous ! aller chez M. Rey ! nous nous croirions déshonorées : si vous saviez la réputation qu'il a dans ce quartier-ci. Il ne vient pas de fois ici que je ne sois quatre jours malade ; n'est-ce pas, Madame ? Oh ! Madame , s'il revenait ici , nous n'aurions plus de considérations pour vous ; nous nous en irions bien vîte.* D'où sortent-elles ? sont-elles capables, font-elles bien, font-elles mal ? je n'en saurai rien. Cependant , le commerce se fait sous mon nom , et il y va de mon honneur.

5. Il faut qu'un mari soit bien coupable et bien méchant pour qu'il mérite de pareils traitemens. S'il était bien méchant , pour peu que la femme fût bonne, elle ne se les permettrait pas impunément. Ces traitemens mêmes prouvent donc en faveur du mari. S'ils prouvaient quelque chose con-

tre lui, ce ne serait que de la faiblesse. On verra bientôt, je l'espère, que cette apparente faiblesse n'est qu'une indispensable résignation pour quiconque sait se respecter. Je vais plus loin : le mari d'une telle femme, quel qu'il fût, n'en eût pas tiré meilleur parti : moins résigné, il n'eût abouti qu'à faire passer le blâme public de son côté. Quoi qu'il en soit, voici en peu de mots l'opinion que se forment de moi toutes les personnes qui me connaissent : un caractère essentiellement doux, juste et vrai, plutôt sérieux que jovial, s'accommodant du chaud et du froid ; un jugement sain, une conduite régulière, une patience éprouvée, des goûts simples, un esprit ennemi des plaisirs, ami de la religion, du travail, de l'ordre, de l'économie, n'exigeant rien de ses inférieurs dont il ne montre le premier l'exemple. Telle est ma conduite habituelle, et j'en fournis la preuve, par le défi de la preuve contraire. Je ne dépense pas douze sous par an pour mes plaisirs ; ma dépense annuelle d'habillement ne s'élève pas au-dessus de cent francs. Si je traite ma femme de *bête*, de *dinde*, de *masse de chair*, ce n'est que dans l'indignation où elle me jette, lorsqu'après m'avoir harcelé pendant deux ou trois heures, sans que je veuille ou que je puisse placer un seul mot, elle me refuse, la montre à la main, deux minutes pour lui faire entendre raison ; c'est aussi dans l'espoir que pour ne point s'attirer ces épithètes humiliantes, elle m'écoutera à l'avenir. Mais quel espoir de raison peut-il y avoir dans une femme qui réveille son mari tout exprès pour lui reprocher sérieusement et avec amertume, d'avoir souffert qu'elle se fût levée pour ouvrir au chat, qu'il n'avait pas entendu, ou d'avoir *ronflé* quand elle reposait! Les exemples de cette force-là sont nombreux; mais il suffit d'en citer un échantillon.

6. Déjà il est facile de voir par les deux alinéa 4 et 5, que la vanité, la déraison, l'esprit de domination, l'extrême entêtement de ma femme, sont les seules causes de la désunion qui, dès le principe, règne dans le ménage; je vais décrire les faits qui l'ont amenée au point de porter ma femme à faire sa demande en séparation, ou plutôt, retracer toute entière, et ma conduite et la sienne, dans tous les faits qui me paraîtront dignes de quelque attention.

7. Je dirai d'abord que le mariage de ma femme est dû en partie à son entêtement; c'est ce que j'ai reconnu depuis. Ses parens l'en détournaient; il fallait braver leurs conseils. J'avouerai d'ailleurs que ces conseils étaient donnés de la manière la plus indigne, et qu'il fallait, pour en profiter, plus de sagesse que n'en avait ma femme. Ces conseils calomnieux et vexatoires plaçaient les conseilleurs dans de grands torts. De même que ma femme

exige que je fasse ce qu'elle veut, sous peine de scandale; de même ils exigeaient de leur sœur qu'elle fît ce qu'ils voulaient, sous peine de scandale. Cet entêtement à n'en pas démordre, et que le discernement n'éclaire jamais, tient tellement de famille, qu'il est connu sous l'expression caractéristique de *tête à la Hirth*. J'ignore si leur sœur les avait antérieurement aigris; mais leurs torts d'alors sautaient aux yeux. Ma future femme, qui avait affaire elle-même à des *têtes à la Hirth*, accablée, sans doute par le nombre, paraissait moins revêche. Je lui rendais la trop grande justice de croire que si sa tête n'était pas d'aplomb, c'était l'effet des contrariétés dont j'étais en partie la cause innocente, et qui bientôt cesseraient. La pratique de la religion m'offrait encore une garantie. Je ne savais pas alors ce que c'était qu'une *tête à la Hirth*, et encore moins que celle-là surpassait les autres, puisque son père (c'est d'elle-même que je le tiens) l'appelait *son maître*. Voilà (s'il m'est permis de dire une fois ce que ma femme ne cesse de répéter), voilà comment, après avoir négligé divers partis, je me suis trouvé engagé dans le pire. Quoique je ne sois riche que d'honneur, j'ai plus d'une fois trouvé plus de fortune que ma femme n'en a jamais refusé. Je me suis d'abord montré trop difficile, particulièrement du côté du caractère; Dieu, pour m'en punir, m'a donné une *tête à la Hirth*.

8. Ma femme s'était donc aliéné toute sa famille; elle voulait s'expatrier ; on devait aller se fixer au Brésil , pour y établir une maison de commerce. Ce projet fut abandonné. Tandis que j'avisais sur le commerce que l'on pourrait faire en France , je m'aperçus *à l'user*, que ma femme n'était propre à aucun, et que son caractère y serait très-nuisible: Cependant la rente de son capital était d'autant plus insuffisante, que ma femme a le défaut d'être un peu dépensière , et même sottement et indignement libérale ou prodigue , quand il s'agit de braver son mari, ou d'acheter la bonne opinion d'un marchand, d'une bonne, d'un commissionnaire. Il fallait donc faire quelque chose, et quelque chose en quoi ma femme n'eût que peu ou point du tout de part, afin qu'elle ne gâtât rien. Ce choix difficile est déjà un premier obstacle. On vise le commerce des glaces d'Allemagne , il pouvait se faire en chambre, (il n'est question de boutique que depuis le mois d'octobre dernier); mais il méritait comme tout autre commerce , un examen sérieux : ma femme *veut* qu'on l'entreprenne; on en essaye, on y fait quelque perte. Ne voyant rien qui, eu égard au caractère de ma femme , m'offrît une juste présomption de réussite, je me livre à des travaux particuliers qui n'ont pas tout le succès rapide qu'on pouvait en attendre. Ma femme n'attribue le défaut de succès, ou plutôt

sa lenteur, qu'à ma maladresse ; rien ne peut prouver le contraire à cette tête inaccessible à la raison. Elle prétend qu'acheter de la rente quand elle baisse, la vendre quand elle hausse, est un moyen facile de gagner de l'argent. Pour avoir la paix (qu'on n'a pas pour cela), il faut d'ailleurs vendre ou acheter quand elle l'ordonne ; et si elle me laisse quelque liberté, c'est à condition de reproches, si je ne réussis pas. Mieux vaut encore suivre servilement ses ordres.

9. Mais pour comble de malheur, il y a quelquefois impossibilité absolue de suivre ses ordres ; c'est quand elle veut la fin sans les moyens. *L'air extérieur*, me dit-elle, *entre dans l'appartement, c'est très-dangereux pour une femme en couche ; il faut mettre des bourrelets, des lisières.* Je me mets à l'œuvre. *Cœur dur*, dit-elle, *comment peux-tu te permettre de frapper ? Une femme dans ma position, a-t-elle besoin qu'on lui rompe la tête par un tapage semblable ? N'est-elle pas digne au contraire des attentions, des soins les plus assidus ? Il y a des maris pleins de prévenances ; mais ce n'est pas toi ; on voit bien que tu n'es qu'un savoyard ; on dirait que tu regrettes que je ne sois pas morte dans ma couche.* — Je voudrais pouvoir poser les bourrelets sans frapper ; mais de deux maux il faut choisir le moindre. Le bruit du marteau n'est qu'un désagrément momentané ; et

un coup d'air peut avoir des suites graves. Madame Rey n'est pas femme à se payer de raison; elle persiste dans son reproche, qu'elle ne cesse de me réitérer depuis deux ans et demi (1er. janvier 1819). Je retracerai peu de ces innombrables querelles, dans lesquelles, pour éviter le scandale, je n'ai montré que de la résignation ; j'affecterai plutôt celles qui, prouvant également l'esprit de contradiction, feront voir en outre, ce que c'est qu'une volonté à la Hirth, dans le cas de résistance.

10. Lors de son mariage, ma femme avait un vieux chien hargneux, boîteux depuis cinq ans, sujet à des étouffemens; bon seulement pour faire des ordures, pour aboyer même après les personnes qu'il connaissait le mieux, et pour occuper à lui seul toute la largeur de la cheminée : le feu était un calmant souverain pour ses rhumatismes. Si la maîtresse était là, sa tranquillité était parfaite ; en son absence, je le dérangeais quelquefois. Bref, j'ai eu plus d'une castille avec ce chien-là; ma femme comme juge prononçait toujours en faveur du chien ; je jalousais son bonheur; j'aurais bien mieux aimé être le chien de ma femme que son mari. Enfin, me figurant que la perte du chien de ma femme améliorerait mon sort, j'ai plusieurs fois voulu intéresser les chiffonniers pour qu'ils le lui prissent, n'étant pas alors assez pervers pour

employer des moyens violens: ils se sont imaginé que je voulais leur tendre un piége pour les faire ensuite punir par la police. Sans doute, je pouvais m'en défaire sans leur secours; mais je prévoyais les questions de ma femme, et je ne voulais pas avoir recours au mensonge pour la défaite de cet ennemi, non plus que pour tout autre chose. Le temps est un grand maître; j'attends qu'il me prête conseil, et le chien continue de traîner sa misérable existence jusqu'à meilleure occasion. Huit mois après, ma femme avait toujours ses quinze oiseaux et son chien à soigner, et en outre elle nourrissait sa petite, aussi aimable qu'elle était aimée. Charmante Stéphanie, vous faisiez la consolation de votre père émerveillé de vos enfantines gentillesses; votre petite personne, âgée seulement de six ou huit mois, entendait le jeu, rendait espièglerie pour espièglerie, imitait l'aboyement du chien, l'alternait avec papa, sans jamais négliger ni devancer son tour. Maintenant plus heureuse auprès de votre céleste papa, vous partagez, chère amie, la félicité des anges, et votre si douce voix imite leur mélodieux concert. Si vous avez quelque crédit dans le séjour de la paix, retenez-y la dernière place pour l'ami de votre éphémère enfance : vous ne sauriez d'ailleurs faire aucune chose qui fût plus agréable à votre mère. Mais je m'écarte de mon sujet ; les anges et le paradis n'ont rien de commun avec les chiens. Ma femme trouvait qu'elle avait trop à faire; je l'aidais moins depuis quelque temps que j'étais occupé d'autre chose; elle voulait reprendre une de ces personnes qu'on appelle *bonnes*, mais qui, grâce à ma femme, sont toujours mauvaises pour moi. Cette considération jointe à celle de l'économie, qui n'est pas peu de chose, me faisait désirer qu'on pût s'en passer. Je passe en revue toute la besogne journalière, avec la résolution de réformer tout ce qu'il y aurait d'inutile. Le chien aboyant toujours sans discernement et à propos de botte, avait, outre les torts dont je l'ai accusé, celui de réveiller la petite, qui ne s'en portait pas mieux, et de faire perdre ainsi plusieurs heures de patience qu'on avait employées à l'endormir. Il devenait d'ailleurs si infirme qu'une heure après qu'on s'était levé pour la petite, souvent il fallait se lever pour le chien. Les oiseaux prenaient une heure et demie tous les matins, sans compter les petits soins de surérogation; on était petitement logé; les cages avaient place pour le jour; place pour la nuit; elles étaient lourdes; le transport exigeait l'emploi des deux mains; on n'en a pas une troisième pour ouvrir les portes. L'enfant, le père, la mère, les oiseaux, le chien et sa vaisselle, tout, la nuit, se réunissait dans la la même pièce, qui, très-petite, se trouvait telle- ment remplie, qu'on ne pouvait plus s'y remuer qu'avec peine et lenteur. Le moindre avantage que puisse produire la réforme du chien et des oiseaux, c'est d'améliorer notablement la besogne du ménage ; peut-être même ne sentira-t-on plus le besoin de prendre quelqu'un. Elle est donc résolue : dira la femme ce qu'elle voudra. Un dimanche matin, pendant qu'elle était à la messe, le chien, à charge à sa maîtresse qui ne l'avoue pas, à charge à la petite qui ne le conçoit pas, à charge à moi qui ne le dissimule pas, à charge à lui-même qui ne le nie pas, me permet de le conduire au lieu où il prendrait le bain de Seine qui devait le guérir de tous ses maux. Le jour même je me proposais de faire affaire avec le marchand d'oiseaux : mais plus hardi que moi ne s'en serait pas senti le courage. Madame Rey, au retour de sa sanctification, n'était plus une femme, mais un diable. Elle n'a pourtant encore que la présomption qui la travaille. Elle me presse de lui dire ce que j'ai fait de son chien. La nouvelle trop brusque de sa perte pouvait faire du mal à la mère ou à l'enfant. Je l'exhorte à se calmer, lui promettant satisfaction. Elle ne veut point de retard ; elle court chez un ami par qui elle veut faire blâmer ma conduite ; et pour que mon tort soit grand, elle fait de grandes *giries* qui imitent les convulsions. La femme de cet ami est priée de passer chez moi pour me dire dans quel état était ma femme,

femme, pour me demander ce que j'avais fait du chien, et pour prendre la petite afin de la porter à sa mère. Je suis ma petite ; on me dit que ma femme ne veut plus me voir, que je suis un monstre à ses yeux ; on m'engage donc à me tenir à l'écart ; on lui laisse même ignorer ma présence dans cette maison : on lui apprend que le chien est noyé. Elle s'en doutait ; aussi la nouvelle scène d'injures, de mugissemens, de larmes, de convulsions, ne peut-elle surpasser les premières, quelque bonne volonté qu'elle y mette. Au bout de cinq ou six heures, je parais ; elle juge à propos de reculer d'horreur, de détourner la tête, de vomir de nouvelles injures, d'éprouver de nouvelles convulsions. Infatigable, à 11 heures du soir, elle jouait encore son rôle avec la même ardeur. Voila ce qui s'appelle faire des journées en conscience, et prouver qu'on aime son mari plus que son chien. Sans doute que la menace *de divorce*, dont la bonne épouse est si prodigue, m'a été faite à l'occasion de cette noyade, qu'elle continue de me reprocher comme un crime de lèze-chien, ou plutôt de lèze-femme. Si son père, si sa petite, ont obtenu d'elle la centième partie des larmes qu'elle a versées pour son chien, je les tiens suffisamment pleurés. Mais est-ce bien la perte du chien qui a fait verser tant de larmes, vomir tant d'injures, éprouver tant de convulsions ? Non. C'est le dépit

B

d'une volonté de fer qui se sent entamée, c'est le désespoir de la réintégrer, c'est le chagrin de se sentir inutilement capable des plus grands moyens de faire céder, et le besoin de s'en dédommager ; c'est la crainte qu'on ne triomphe, et la douleur de ne pouvoir triompher soi-même ; c'est le besoin d'inspirer le regret, et de rendre désormais sa volonté inviolable ; c'est l'espoir de faire juger de la cause par les effets, qu'alors on ne saurait trop grossir ; c'est la rage des vains efforts, et la nécessité de rendre toutes ces convulsions aussi naturelles que possible, afin de les soustraire au blâme (*mars* 1819.) — Ici sans doute, la volonté de ma femme a été déboutée, mais on ne peut pas dire que la mienne l'ait primée, puisque, une fois le chien noyé, il n'était plus en mon pouvoir de céder.

11. Le lendemain et les jours suivans, on ne voyait plus le chien ; mais ma femme me frappait sans cesse les oreilles de son auguste nom. *Encore,* me répétait-elle, *si c'étaient les oiseaux, naturellement ingrats, j'y aurais moins regret.* Je fais mon profit de ce *moins regret*, et je regrette bien de n'avoir pas fait d'une pierre deux coups : ma femme en eût été quitte pour quelques convulsions de plus, et j'y aurais gagné les frais d'une nouvelle scène. A cela près, les oiseaux, vendus bon marché, sont lestement enlevés. Ma femme ne tarde

pas à s'apercevoir de leur absence. Mon chapeau est la première victime de sa colère ; l'indignation, les injures, font retentir la maison : je reçois plusieurs bourrades, et enfin un coup de poing : c'était jour férié pour les convulsions. Je suis sommé de lui racheter le plus infirme, auquel elle tenait davantage ; je lui accorde cette satisfaction, elle exige que j'aille le chercher de suite, je refuse d'obéir ; *je le veux tout-à-l'heure*, me dit-elle, *et je ne crois point à votre intention de me le rendre, si vous ne partez pas sur le champ.* — *Certainement je te le rendrai.* — *Quand?* — *Dans deux ou trois heures, quand cela me fera plaisir.*—*Je le veux tout de suite.* — *Tu ne l'auras pas, tant que tu voudras me soumettre à tes ordres impérieux.* Là-dessus elle m'entraîne, me pousse, me bourre du côté de la porte, pour me faire partir. *Je proteste*, lui dis-je, *que je n'obéirai point, et si tu ne cesses, je vais te souffleter.* Elle cesse de me signifier ses ordres ; je laisse écouler une couple d'heures, et de mon propre mouvement, je vais chercher le pauvre aveugle, que ma femme, aussi cruelle que moi pour son chien, a fait tuer quelque temps après par sa bonne, pour mettre fin à ses souffrances (*mars* 1819.)

— Partage de volonté. Demi-victoire, que ma femme me jalouse ; demi-victoire qu'elle dédaigne, parce qu'il ne lui en faut que de complètes.

12. J'ai dit que les *bonnes* étaient toujours

mauvaises pour moi; j'en dois un exemple pour preuve: la bonne donc, dit à deux heures qu'elle part à cinq. Je rentre; ma femme m'apprend cette nouvelle, blâme l'indélicatesse de ce départ si brusque, éprouve d'avance tout l'embarras qui en résulte pour elle, dans un moment où la petite est malade, où toute la maison est en désordre, par suite d'emménagement, et précisément un jour où l'on avait rigoureusement besoin de la soirée de cette fille. *Je vais*, répondé-je à ma femme, *faire sentir à Marguerite combien il est déplacé de se comporter aussi mal avec nous, qui ne l'avons mortifiée en rien de puis huit jours qu'elle est ici.* La bonne ne répond pas un seul mot à mes observations; j'en conclus qu'elle est humiliée d'avoir manqué d'égard, et qu'elle me trouve bien généreux de me contenter de sa soirée. Cependant, elle se dispose à partir: je m'y oppose. Après m'avoir fait avancer à un point d'où je ne pouvais plus décemment reculer, ma femme prend contre moi le parti de la bonne. L'appui qu'elle cherchait en moi n'était donc qu'un piége tendu à la droiture de mes sentimens pour elle, qu'une occasion de m'humilier, de m'outrager, de faire éclater aux yeux de la bonne, sa puissance et sa bonté. Quoi qu'il en soit, elle veut que la bonne parte de suite, sous prétexte qu'elle serait insultée, si elle ne se rendait chez sa mère qu'à sept ou huit heures. On voit que dès-lors ma femme savait déjà mettre la morale dans l'intérêt de sa passion. De même *les vifs attachemens, les liaisons* qu'elle me suppose maintenant, ne sont que des moyens de punir le refus de mon avilissement, en ce que je n'adore, point aux dépens du sens commun, son extravagante domination. Ma femme qui aujourd'hui envoie ses demoiselles en courses à dix ou onze heures du soir, démontre pratiquement combien sa raison d'alors était pitoyable. Aussi, vainement vociférera-t-elle *que c'est indigne, que c'est abominable, que je suis un tyran, un scélérat, un monstre :* la bonne ne partira qu'à huit heures. Echevelée et toute bleue de colère, madame **Rey** aura le temps d'exercer son courroux. Enfin, l'heure désirée arrive ; la bonne, libre, part *sans m'avoir injurié :* c'est que ma femme n'a pu, malgré tous ses efforts, la pervertir en une seule séance. Quoi qu'il en soit, ma femme se charge de remplir cette lacune ; la scène durera encore plusieurs heures, et elle ne sera pas sans lendemain (octobre 1819).—Pour tenir tête à ma femme jusqu'au bout, je ne pouvais pas rencontrer une contestation plus favorable que celle-ci, où j'avais particulièrement à défendre ses intérêts personnels. C'est le triomphe le plus éclatant que j'aie jamais remporté sur l'esprit de ma femme, quoiqu'il soit encore partagé, puisque je n'ai pas obtenu que la bonne s'occupât de ce qu'elle devait faire, et que de plus, j'ai été condamné moi-même au désœuvrement. Cette victoire trop chèrement achetée, fût-elle entière, prouve qu'il n'y a aucune espèce de prise sur le caractère de ma femme, et que ce serait à tort qu'on m'accuserait de faiblesse.

13. La déesse de la paix a pour habitude, quand l'année se renouvelle, de visiter, dans la première quinzaine de janvier, tous les ménages, qu'elle divise en quinze classes. Le premier jour, elle expédie toute entière la première classe, qui comprend tous les bons ménages ; le second, elle visite ceux de la seconde classe, considérés encore comme bons, mais à quelque petite chose près ; elle fait successivement les autres classes. La quinzième, qui ne comprend que des caractères revêches et acariâtres, lui donne plus de tintouin que tous les autres : bref, elle en vient à bout. Outre ces quinze classes, la déesse remarque, parfois, quelques ménages de démons incarnés, dont rarement elle s'occupe. Le 16 janvier 1819, elle me dit, en songe, que j'étais son ami ; mais qu'attendu que ma femme relevait de couche, sa visite, qui pour cela pourrait compromettre la santé de la mère ou de l'enfant, sera remise à l'année suivante. Arrive 1820, arrive le 16 janvier ; pas de paix ! Elle n'osait pas entrer. Le 17, j'invoque la foi de sa promesse ; elle me fait réponse qu'elle croyait sa visite plus nuisible qu'u-

tile , si ma patience n'égalait celle de Job. J'ai cru
pouvoir affirmer qu'elle en approchait, et que je
me sentais d'ailleurs capable d'un nouvel effort.
Elle m'assure qu'elle viendra , sans préciser le
jour. Le 18, je continuais de l'attendre ; déjà je la
possédais sans m'en douter, tant sont douces les
heures que l'on coule sous ses auspices. Je sentais
en moi-même une sorte de bien-être tel que l'é-
prouverait un esclave rendu à la liberté ! Chose
étrange, me disais-je , tout est tranquille ! Je n'en
revenais pas. La déesse s'était furtivement glissée
dans la maison. Elle est enfin aperçue par ma femme , qui voit en elle son plus cruel ennemi; la
déesse répugnait à une honteuse retraite : la lutte
s'engage ; ma femme y perd sa coiffure ; la déesse
la fixant en cet état, s'aperçoit qu'elle a affaire à la
plus terrible des têtes à la Hirth ; épouvantée, elle
se retire en toute hâte. — Alors , semblable à un
torrent fougueux brisant enfin la digue qui le re-
tenait , ma femme, escortée de ses fidèles amies ,
la Déraison et la Colère , m'accuse de vol et de
dissipation , en présence de la bonne et de mon
jeune homme. *Il existe* , dit-elle, *un déficit; vous
avez disposé sans m'en prévenir , vous dissipez,
vous me volez , vous avez prêté à M. François ;
rendez-moi compte ; je ne connais rien à votre livre , faites-m'en une copie plus claire et plus exacte
sans abréviations. J'ai fait votre bonheur , vous*

êtes un ingrat, vous mangez mon pain , vous n'aimez point votre femme , j'ai bien du malheur d'être mariée avec vous , vous êtes un scélérat , un monstre; je divorcerai ; vous vous sentez coupable , vous n'osez pas dire le contraire , votre embarras confirme mes soupçons. Vainement j'ai essayé plusieurs fois de placer un mot en réponse à ce débordement d'inculpations et d'outrages : il a fallu attendre le calme de l'abattement, et ne répondre encore que par une prompte obéissance. Mes écritures sont très-lisiblement copiées ; ma balance de comptes, qui n'avait pas été faite depuis neuf mois, se trouve pourtant exacte , à 2 fr. 66 c. près , qui avaient été employés en demi-onces de tabac , en payement de chaises à l'église. Si on s'imagine que ma femme , voyant que je n'ai point prévariqué , va verser des torrens de larmes et reconnaître ses torts, c'est qu'on ignore que la femme sans pareille *ne s'en est jamais reconnu un seul.* Elle ne m'accordera pas même la satisfaction de paraître convaincue de l'exactitude de mes comptes. Il faudra au contraire que je me soumette à toute son animadversion pour expier la faute d'obligeance que j'ai commise en prêtant une somme de 52 fr. à M. François. Qui aurait cru qu'ultérieurement, elle lui prêterait elle-même 280 fr. en une seule fois? Qui pourrait croire que pour ce prêt, qu'elle a fait sans ma participation , elle ait pu mainte fois m'accabler de reproches , comme si moi-même je l'eusse fait sans la sienne? Il est vrai qu'alors M. François était mon ami depuis dix ans ; il est maintenant l'ami de ma femme ; son amitié mieux placée , durera sans doute plus long-temps.

14. Toutes les scènes que je viens de décrire , et tant d'autres plus ordinaires , que je passe sous silence , me confirmaient de plus en plus, que j'avais tout à redouter du caractère de ma femme, et que nos intérêts seraient en grand péril dans le commerce. Je prévoyais donc ce qui arrive aujourd'hui ; je n'osais rien entreprendre : mes travaux particuliers étaient jusques-là , plus onéreux qu'à profit ; on vivait partie sur la rente , partie sur le capital, qui , au 1er. octobre dernier, se trouvait réduit à 12,000 fr. Ma femme concevait de justes inquiétudes ; elle me les manifestait par des reproches et des injures; ma prudence n'était qu'ineptie ou lâcheté ; je ne pouvais guère lui faire sentir qu'elle-même me liait les bras , elle a trop bonne opinion de sa personne. D'un autre côté , l'expérience avait déjà longuement prouvé qu'on ne pouvait pas non plus raisonnablement compter sur la rencontre heureuse et prochaine d'une entreprise dans laquelle ma femme n'aurait que peu ou point de part, et la prudence , qui m'avait fait temporiser dans cet espoir , devait aussi m'empêcher d'attendre qu'on ne fût hors d'état d'entreprendre.

Ma femme *ne veut* d'ailleurs plus entendre parler d'ajournement, et proteste qu'elle préfère *encourir toute autre chance* ; la détermination est donc irrévocable ; une volonté à la Hirth n'a pas d'autre conséquence. On devait tenir le tabac et la mercerie ; je loue à cette fin, la boutique rue Thérèse, n°. 1, la seule que j'aie trouvée à la distance réglementaire. On emménage dans ce nouveau domicile ; on y commence, on y continue les frais d'établissement ; on s'occupe de nous procurer une demoiselle qui entende parfaitement le commerce de mercerie. Sur ces entrefaites, nous apprenons que nous sommes trompés par celui qui se faisait fort de nous faire avoir un bureau de tabac, et qui avait reçu nos 1,500 fr. pour le cautionnement. Nous parvenons cependant à recouvrer cette somme. Un autre trompeur se présente : un homme que nous avions connu jusque-là sous de bons rapports, le père Denis, nous fait, nous réitère pendant plus d'un mois, et avec tous les caractères d'une conviction intime, l'affirmation que la vinaigrerie offre de très-grands bénéfices, et qu'il était disposé, plus encore dans notre intérêt que dans le sien, à prendre avec nous un engagement de trois années, pendant lesquelles son zèle et son savoir ne manquerait pas de faire prospérer l'établissement qu'il nous proposait d'entreprendre. La boutique change de destination ; la vinaigrerie est arrêtée ; les frais d'établissement se continuent avec des modifications plus dispendieuses. — Cependant, on nous adresse une demoiselle de comptoir pour la mercerie, qui ne devait avoir lieu qu'autant qu'on aurait obtenu un bureau de tabac; cette demoiselle me paraît fort habile dans ce genre de commerce ; je regrette de n'être pas à même d'utiliser ses talens : elle est congédiée. Quelques heures après, je soumets à ma femme ces réflexions : « Dans sa conversation, cette demoiselle a parlé de plusieurs fonds de mercerie à vendre, dont un, et précisément le mieux achalandé , rue Ste.-Anne , n°. 64; on offre des facilités pour le payement. La vinaigrerie établie en petit, n'emploiera pas d'ailleurs tout notre capital. Les deux boutiques, si on achetait ce fonds de mercerie, seraient à une distance assez courte. La demoiselle Sénectaire qui nous est adressée de si bonne part, est sans doute d'une probité intacte ; aidée par une seconde demoiselle, elle conduirait très-bien la boutique de mercerie ; celle de la vinaigrerie marcherait toujours par le père Denis, pour ce qui est de la fabrication, par toi pour ce qui est de la vente, d'autant plus facile qu'il ne s'agit que d'un très-petit nombre d'articles : quant à moi, je surveillerais les deux établissemens, dont, le plutôt possible, je ferais seul les achats. Si nous nous en tenons à la vinaigrerie, il faut être sûr de la réussite,

car le non-succès enfanterait le dégoût et une ex-
cessive crainte ; deux boutiques offrent au moins
probabilité de succès pour une. Si toutes les deux
vont bien , tant mieux ; si l'une des deux va mal ,
outre qu'elle pourrait momentanément être soutenue par l'autre , on serait à même de s'en des-
saisir, sans se jeter dans le désœuvrement. » Ces
réflexions sont goûtées ; le fonds de mercerie est
acheté ; on en prend possession le 10 novembre.

15. L'acte d'achat est fait en mon nom seul,
plutôt parce que cela suffisait, et parce que , très-
occupé, je n'avais guère le temps de songer à aller
chercher ma femme , qui d'ailleurs aurait difficilement pu abandonner son fils pendant plusieurs
heures, que parce que c'était une conséquence de
la non-communauté de biens. Dès le soir même,
elle me fait la question *si son nom figurait dans
l'acte*; ma réponse négative la met en fureur. Le
lendemain elle visite la boutique de la rue Sainte-
Anne, s'y fait reconnaître pour la maîtresse, trouve qu'on ne la respecte pas assez, s'en dédommage
par des sorties, même envers les étrangers, parle
de l'acte d'achat, *qu'il faut nécessairement refaire*;
et quoique j'y eusse consenti dès la veille, sa fureur lui permet encore de casser d'un coup de poing
une table de marbre. L'acte est cependant resté
tel qu'il était, par suite d'un peu de brouille avec
la personne qui avait cédé le fonds.

16. Du 10 au 20 novembre, le service de la boutique se fait sous mes ordres, par la demoiselle
Victoire que nous avons trouvée dans le fonds, et
que nous conservons provisoirement, et par la demoiselle Sénectaire que nous avons arrêtée. Celle-
là couchait à la boutique ; celle-ci continuait encore
de coucher chez elle, faubourg Saint-Germain,
comme je continuais de coucher rue Thérèse. Pas-
sant devant ce domicile pour se rendre le matin
à la boutique de mercerie, la demoiselle Sénectaire entrait un moment, soit pour présenter ses
civilités à ma femme, soit pour prendre mes
ordres. Après avoir salué ma femme, elle m'aperçoit, certain matin, dans mon cabinet où je faisais
ma prière ; l'hypocrisie sait profiter de ces sortes
d'à-propos ; la demoiselle Sénectaire entre, en
apparence pour me demander si je n'avais rien à
lui dire, et en effet pour placer un mot de pra-
tiques pieuses qui devait me faire concevoir une
bonne opinion de sa morale, de sa conscience et
de sa probité. La jalousie joue son rôle avec
moins de sagacité ; ma femme qui, en cette cir-
constance, avait observé cette demoiselle, m'a
vivement reproché d'avoir souffert qu'elle eût
mis son pied trop près du mien. A genoux, les
pieds par derrière et les yeux par devant, je n'étais
guère à même de faire cette remarque dont elle
aurait dû s'expliquer avec la demoiselle. Mais
mieux encore fera ma femme. Le 20 novembre,

elle va se fixer rue Ste.-Anne. Ce changement de plan nécessitera une personne de plus pour tenir le comptoir rue Thérèse ; mais ma femme aura l'avantage d'avoir toujours sous les yeux la demoiselle Sénectaire, d'ailleurs trop acariâtre, trop chiche de louange ; elle sera plus à même de lui faire sentir sa maîtrise : et par suite de cette disposition, la Sénectaire logée au cinquième, où elle partagera encore sa très-petite chambre avec une autre demoiselle, sera réduite à sa juste valeur. Elle n'en rendra pas moins, extérieurement, ses hommages à ma femme ; mais ce ne sera que pour lire dans ses yeux si elle perd ou gagne de la confiance, afin qu'en conséquence elle puisse régler sa conduite de la journée. Cette demoiselle avait du service : elle avait beau jeu avec ma femme, pour qui les intérêts sont peu de chose, pourvu qu'elle domine, qui peut-être même les croirait compromis si elle ne dominait pas. Certain jour qu'elle étudiait ainsi ses yeux, elle se proposait, selon sa coutume, de me dire un mot pour avoir occasion d'étudier les miens : déjà l'expérience m'avait appris qu'il était difficile de soustraire ma franchise à la torture de ses questions, quand elle s'apercevait que ma confiance diminuait ; je lui ôte le temps et le besoin de scruter ma pensée qu'elle suppose favorable ; je me mets à faux jour à côté de ma femme, qu'elle embrassait ; je me permets,

pour donner le change sur le motif de mon dépla-
cement, la singerie d'imiter ma femme, de tendre,
comme elle, la joue pour être embrassé : la demoiselle m'embrasse, peut-être même ai-je fait la
moitié des frais. Là commencent et se terminent
mes galanteries avec mademoiselle Sénectaire.
Mais ma femme n'oublie pas cette incartade ; la
douleur qu'elle en éprouve est vive ; chacun doit
la partager, comme chacun doit être convaincu,
d'après les preuves qu'elle en donne, que *le premier
baiser du matin doit être pour sa femme.* Quoi
qu'il en soit, la mésintelligence qui existait entre
ma femme et cette demoiselle, avait d'autres
motifs que celui de la jalousie. La demoiselle dont
il s'agit, était comme ma femme, d'un caractère
acariâtre et hautain, et conséquemment, ces deux
dames s'accordaient difficilement ensemble. Je me
suis trouvé plusieurs fois obligé d'intervenir pour
faire cesser de scandaleuses querelles ; quand la
demoiselle avait tort, je le lui faisais sentir avec
toute l'énergie convenable ; mais aussi quand c'é-
tait madame Rey, ce qui n'arrivait que trop souvent, il me paraissait peu équitable de condamner
son antagoniste, que j'exhortais néanmoins à supporter le caractère de ma femme. On verra, par
l'alinéa suivant, que j'avais avisé le renvoi de cette
demoiselle, et que ma femme, par un entêtement
bien étrange, l'a rendu pour ainsi dire impossible,

sans compromettre l'achalandage de la boutique.
Cependant, vers la fin de décembre, la conduite
morale de la demoiselle Sénectaire devient plus
qu'équivoque ; sa probité et ses intentions se trouvent compromises. Mes remontrances sont aussi
sévères que prudentes ; j'avais besoin d'elle pour
la vente de la nouvelle année, époque à laquelle
les remplacemens sont aussi plus difficiles. Je la
laisse politiquement croire à la possibilité de sa
justification ; elle se soumet d'elle-même à une
stricte surveillance ; elle me propose de lui garder
sa bourse, afin qu'il n'y ait aucune espèce de con-
fusion pour l'argent ; je la prends au mot ; je trou-
vais d'ailleurs dans la possession de cette bourse,
une espèce de nantissement contre les torts que
cette demoiselle aurait pu me faire, et qui d'un
jour à l'autre pouvaient arriver à ma connaissance.
J'exige donc la bourse qui m'avait été offerte.
Qu'arrive-t-il ? Chose étrange, et qui ne peut s'expliquer qu'à ceux qui savent par des exemples nombreux, à quel point ma femme porte l'esprit de
contradiction !!! Ma femme, qui a toujours condamné, tourmenté la Sénectaire, qui m'a tourmenté moi-même de ce qu'à son gré je ne la tour-
mentais pas assez ; maintenant qu'elle est bien plus
coupable, et quand je ne réclame, sans y mettre
de l'aigreur, que l'offre qui m'était faite ; ma
femme prend vivement la défense de cette demoiselle

selle pour qu'elle ne livre point sa bourse. Cependant, la demoiselle ne s'attendant pas à être si bien
soutenue, a pourtant livré, quoiqu'à regret, sa
bourse. Les injures m'étaient prodiguées; j'aban-
donne la place. A peine suis-je à quatre pas, que
celle qui venait d'être si bien défendue par ma
femme, était déjà l'objet des épithètes de *polissonne,
coquine, saloppe*, etc. Un quart d'heure après (il
était neuf heures du soir), la d^lle. Sénect. vient, ma
femme présente, me redemander sa bourse. J'avais
des raisons pour la conserver. La d^lle. Sénect. est
défendue de nouveau; je suis injurié, je suis sommé
de rendre la bourse; on me signifie qu'à mon
refus, on rendra la valeur de ce qu'elle contient.
C'est ce qu'on fait. Chagriné, désolé, humilié, déses-
péré pour le présent et plus encore pour l'avenir, je
laisse ces deux dames, qui reprennent immédiate-
ment leurs querelles poissardes, que longuement
elles continuent. Ma femme, traitée par représailles,
de *truie*, de *cochonne*, de *saloppe*, etc., désirerait
peut-être que je la défendisse *comme subalterne*;
mais elle périrait corps et biens plutôt que de manquer de faire triompher de moi, cette misérable;
tant elle est jalouse de l'exercice de l'autorité. Re-
tiré dans une pièce voisine, je souffre donc que ma
femme soit outragée chez elle; je dévore la honte
de mon impuissance, en présence de deux autres
personnes de la maison, la demoiselle Emilie et

madame Françoise, qui maintenant partagent mon indignation, mais qui n'en apprennent pas moins que sous la protection de ma femme, elles pourront impunément m'outrager à leur tour.

17. La demoiselle Sénectaire est partie le lendemain, 1er. janvier. Il n'y avait pas huit jours qu'elle était à la maison, que j'étais convaincu qu'elle ne supporterait pas le caractère de ma femme, non plus que ma femme ne supporterait le sien. Cependant, au 21 novembre, c'est-à-dire, douze jours après l'achat du fonds, elle était la seule demoiselle que possédât la boutique; ma femme la traitait pourtant comme si elle eût été à notre discrétion, et nous étions plutôt à la sienne; sans doute on ne pouvait pas alors la renvoyer; mais nous pouvions nous mettre favorablement en mesure de nous passer d'elle. J'observe donc à ma femme que la seconde place, devenue vacante par le départ de la demoiselle Victoire, devait être remplie par une personne en état d'occuper la première; qu'ainsi la d^lle. Sénect. deviendra plus traitable, qu'on pourra la renvoyer quand on voudra, qu'elle ne laissera vacante que la seconde place, et qu'on aura tout le temps d'y pourvoir. Ma femme goûte et approuve mes raisons: je n'en suis pas surpris. Cependant, elle se conduira, dans la pratique, d'une manière diamétralement opposée à ces considérations. Emilie Duteil, d'Alençon, que ma

femme n'avait jamais connue, se présente ; elle connaissait fort peu la mercerie, dont elle ne s'occupait que depuis huit mois, au grade de demoiselle au pair, c'est-a-dire, sans appointemens. Arrêter cette demoiselle, c'était nous laisser à la discrétion de la d^{lle}. Sénect. ; qu'importe ? ma femme l'arrête, et l'arrête aux appointemens de première demoiselle. Je rentre, j'apprends cette double maladresse; je rappelle à ma femme, ce dont nous étions convenus, quant au choix d'une demoiselle. Elle me répond avec colère, et devant la d^{lle}. Sénect.: *Je l'ai arrêtée, il faut la prendre*, OU SINON JE DIVORCE. *Comment Mlle. Sénectaire me respectera-t-elle, si tu défais ce que je fais?* Cette demoiselle revient pour savoir le jour qu'elle entrerait ; je la vois, je ne suis pas trop mécontent de sa manière de raisonner ; je fais effort pour lui trouver les talens et les qualités que demande la place, et pour éviter, autant que possible, toute dissidence de volonté entre ma femme et moi, surtout en fait de demoiselles, voulant ôter à sa jalousie, jusqu'au moindre prétexte d'ombrage. J'acquiesce donc à l'admission de cette demoiselle. Mille autres à ma place l'aurait refusée, par la seule raison que son acceptation était impérieusement ordonnée, et aurait bien fait. Les actes de magnanimité mal placés, sont des perles jetées devant les pourceaux. Ma femme avait quatre raisons pour une, d'être coiffée de cette de-moiselle : 1°. elle quitte madame L. parce que, dit-elle, *son mari la rend malheureuse*, madame Rey la suppose disposée à soutenir le parti des femmes; 2°. il y a peu de temps qu'elle est dans la mercerie, ma femme ne trouvera pas en elle une supériorité insupportable; 3°. elle n'est que de-moiselle au pair, son élévation sera pour ma femme une occasion de se faire une créature, de signaler sa puissance, de mortifier la d^lle. Sénect.; 4°. elle déconcerte mes mesures, c'est un triomphe que ma femme ne laisserait pas échapper pour tout l'or du monde. Tel est son caractère, qu'elle ne reconnaît des supérieurs, des égaux, des infé-rieurs, que tout au plus en théorie; que tout en s'évertuant d'usurper le masque de bonté et de douceur, elle ne veut pourtant que des esclaves; s'ils ont la basse vertu de baiser leurs chaînes, elle les en récompensera; serviles adulateurs en temps de paix, il seront servilement méchans en temps de guerre. C'est là tout le code qui régit ses sujets. Son mari s'y soumettra le premier, afin qu'après lui, personne ne trouve la loi trop dure; s'il se montre rebelle, son châtiment imprimera la crainte aux autres. La demoiselle Emilie jouera un grand rôle dans cet empire; mais ce sera un rôle de haine et de ruine. Elle le commence le 27 novembre; elle est l'idole de ma femme, qui par ses affectations de bonté envers cette demoiselle, se propose de punir la d^lle. Sénect., qu'elle a prise en gripe, qu'elle a plaisir à dompter, qu'elle ne déteste que parce qu'elle refuse de ramper. Au 1er. janvier, la demoiselle Émilie, capable ou non, la remplace ; elle est elle-même remplacée par Louise Droüin, qui, nonobstant ses quatre années de service, ne sera pourtant que sous-officière. Cependant, elles sont satisfaites l'une et l'autre ; celle-ci de son placement, celle-là de sa promotion. Mais, de même qu'il n'y a pas de roses sans épines, de même il n'y a point ici-bas de bonheur parfait. Pendant tout le mois de janvier, la déraison, l'humeur revêche et acariâtre de ma femme, n'étaient pas indivises ; chacun s'en ressentait ; et quoique je fusse de mieux en mieux partagé, il en restait toujours trop pour ces demoiselles, trop pour madame François ; leur courte patience était à bout, toutes voulaient s'en aller, lorsque ma femme commença ses grosses querelles avec moi. Depuis lors elles ont eu meilleurs temps ; il ne leur en a coûté que de se laisser asservir pour être bien choyées et bien gratifiées ; il n'en a coûté à ma femme que de les choyer et de les gratifier pour bien les asservir.

18. Depuis le 27 novembre jusqu'au 31 janvier, c'est-à-dire, pendant plus de deux mois, je n'avais pas eu à me plaindre de la demoiselle Émilie ; elle n'avait pas non plus à se plaindre de

moi, elle me trouvait au contraire très-bon et très-juste. Mais, trop facilement promue en grade, elle conçoit une haute opin on de son mérite, qu'elle croit sans doute proportionnel à la place qu'elle occupe, et qui ne suppose pas moins de cinq ou six ans d'exercice. Aussi se croit-elle fondée à écarter par une impertinence, *ma première observation,* et *ma témérité,* qui allait jusqu'à s'imaginer que je dresserais des comptes mieux qu'elle (qui par parenthèse, ne sait pas compter) : *Vous portez,* me *dit-elle, vos prétentions bien haut. Mademoiselle,* lui répondé-je, *que ce soit pour la dernière fois, comme c'est pour la première, que vous me répondez par une pareille impertinence.* Cette semonce lui est odieuse ; sa haine est profonde ; elle ne mettra aucun terme à sa vengeance, ainsi qu'on le verra.

19 Au 1er. février, vers onze heures du soir, revenant de la boutique de la rue Thérèse, et rentrant pour coucher, dans celle de la rue Ste.-Anne, je fais à la demoiselle Emilie quelques observations sur les comptes de crédit, que j'avais faits les jours précédens ; elle ne me répond rien ; je les réitère ; elle les laisse encore sans réponse. Mais ma femme, toute bleue de colère, m'arrache le cahier des mains, m'injurie, m'invective, disant que ces comptes ne me regardaient pas, que vainement je prétendrais m'en mêler, qu'elle exi-

geait au contraire que je lui fisse voir ceux de la
maison Thérèse, qu'après cela elle aviserait sur la
part qu'elle me permettrait de prendre à ceux de
la maison Ste.-Anne. En vain ai-je répété dix à
douze fois qu'à aucune époque je n'avais refusé de
lui faire voir mes comptes, que sur le champ même j'allais lui chercher mon livre si elle le désirait,
que quatre jours auparavant je le lui avais fourni
à sa première réclamation, que ce n'était pas ma
faute si l'heure de la messe ne lui avait pas permis
de le voir. Elle persiste à dire que je n'ai jamais
voulu, que je ne veux pas encore le lui faire voir,
que j'use d'ailleurs d'abréviations à dessein de lui
en dérober l'intelligence, qu'il lui faut une copie
sans abréviations. En vain lui assuré-je que mon
livre ne doit ces abréviations, d'ailleurs en petit
nombre, qu'au peu de longueur des lignes, qu'à
leur facile interprétation, qu'une nouvelle copie
même ne tient à rien, qu'en attendant mieux je
suis là pour les expliquer, que si elle ne s'en rap-
porte pas à moi, le père Denis, qui a connaissance des achats de la maison Thérèse, qui les a
faits lui-même pour la plupart, et en qui elle a
confiance, les lui interprétera. Me voyant même
reprendre mon chapeau pour aller chercher mon
livre rue Thérèse, si elle le désire, quoique l'heure
ordinaire du repos soit déjà passée, elle a la
folle impudence de répéter toujours, devant ses

deux demoiselles , que je ne veux pas lui faire voir mes comptes. Puis, prenant un calme narguant , et agitant le cahier qu'elle m'avait arraché des mains et qu'elle tient bien serré comme pour me défier de le prendre , elle se complaît à me baffouer de mille manières, elle chante ses bravades et son triomphe , me prodigue les cantillations les plus piquantes. — Madame François était absente ; les deux demoiselles vont se coucher (au cinquième) ; j'y vais aussi (à l'entresol) ; ma femme comptait la recette du jour. Plein d'indignation , effrayé des suites que peuvent avoir ce scandaleux entêtement et cette déraison toujours croissante que l'esprit humain ne peut concevoir, je passe en revue toute ma conduite depuis trois ans ; je la trouve *absolument exempte de tout reproche , voire même de celui de faiblesse de caractere, nonobstant les apparences contraires.* Je ne trouve dans celle de ma femme que vexations , tyrannie , humiliations , calomnies, outrages, reproches indignes , le tout prodigué la nuit, le jour , et sans s'inquiéter de la présence des domestiques et des étrangers. Elle monte, et me trouvant au haut de l'escalier, elle me dit avec un calme injurieux, comme si , en souffrant ses outrages , je n'avais fait que bien petitement mon devoir, à combien se montait la recette. Je ne m'empresse pas de lui livrer le passage ; je la pousse au contraire assez fort ; elle en est d'autant plus étonnée, que je ne l'avais jamais touchée, quoiqu'elle m'eût souvent provoqué, et que je lui fusse redevable d'un coup de poing depuis plus de deux ans. C'est alors qu'elle se disposait à me réprimander, que je lui ai donné dans le côté le coup de pied dont elle parle dans sa plainte. L'impulsion du coup de pied, ou plutôt le désir de faire foisonner ma faute, la font rouler l'espace de quatre ou cinq marches, c'est-à-dire, jusqu'au premier tournant de l'escalier, très étroit, et dont les parois très-unies, ne présentent rien d'offensant ; aussi n'a-t-elle éprouvé *que du dépit.* De tous les faits vrais ou faux ou exagérés, que l'on a consignés dans la plainte en séparation, celui-ci est le seul qui présente quelque gravité ; il est sans témoins, et par conséquent à ma discrétion; je ne puis avoir à le produire, aucun autre intérêt que celui de la vérité; dès-lors j'ai le droit d'exiger croyance pour les antécédens (sans lesquels le fait n'eût pas eu lieu), attendu qu'il était plus court de nier le fait, que d'admettre faussement des circonstances qui l'auraient amené. — Ma résignation à tout endurer depuis trois ans, même d'instantes provocations, prouvent bien que je n'ai pas de disposition à battre, et que je sais même me contenir. Quant au coup de pied en question, qu'on s'est d'ailleurs attiré par tant d'invectives,

il est difficile que je puisse grandement me le reprocher : il est tout à la fois l'effet de l'indignation, la cause espérée d'un réveil de raison
dans ma femme, d'un amendement à ses provocations, ses défis insultans et triomphateurs : il
m'a du moins valu, pendant une demi-heure, l'autorité maritale. J'en ai profité pour exposer à ma
femme que sa conduite la tient, ainsi que moi et
son enfant, continuellement placés à deux doigts
du précipice ; que je ne pouvais pas, sans mériter tout le mépris qui est dû à une extrême faiblesse,
abdiquer entièrement la juste autorité que les
lois divines et humaines accordent au chef de la famille; qu'à présent surtout que je suis engagé dans
le commerce, et qu'il y va de mon nom et de mon
honneur, c'est un devoir sacré pour moi, dans l'intérêt de mon fils et de nos commettans, de conserver cette autorité, dont je suis responsable ; que
sans cela, notre maison divisée contre elle-même
tombera en ruine ; que l'union serait souvent impossible, s'il n'y avait pas soumission de droit de
la part de la femme, ou du mari, si les lois en
avaient décidé autrement ; que c'est de la dernière extravagance qu'elle usurpe l'autorité toute
entière et en abuse indignement, sous prétexte de
se soustraire à ce qu'elle appelle injuste soumission de la femme, que les hommes ont osé inter-

poler dans l'Écriture Sainte, mais qu'en se mariant elle s'est abstenue de promettre; que la pratique de cette promesse lui ferait cependant éprouver un calme dont elle n'a jamais joui : que sa tête mal organisée y trouverait une règle de conduite; qu'elle ne s'échaufferait pas le sang pendant des journées entières ; qu'elle ne donnerait pas de mauvais lait à son fils, que très-mal à propos elle nourrit, et qui périra comme sa sœur ; qu'avec un mari tel que moi, cette soumission est nulle ; qu'il suffirait très-certainement qu'elle ne prétendît pas dominer, surtout avec tant d'insolence et de scandale ; que trop d'exemples attestent que son odieuse tyrannie lui est pernicieuse à elle-même ; qu'elle ne tardera pas à lui porter le coup fatal ; qu'enfin, il est temps de changer, ou de se résigner à tous les malheurs.

20. Le surlendemain, 3 février, je donnais encore à la demoiselle Emilie des avis sur les comptes de crédit; ma femme vient sourdement, et m'arrache le cahier des mains. Elle se met dans le comptoir; j'étais en dehors; elle me nargue et m'injurie; je fais sur tout ce qu'elle dit, tendant le bras de son côté, des gestes de mépris, que la demoiselle Emilie prend, à ce qui paraît, pour de la disposition à frapper; je n'en avais nulle intention; mais en le supposant, cette demoiselle devait se borner à des représentation pacifiques. Loin de là,

cette espèce de virago, qui a long-temps porté l'habit d'homme, me parle à la dragonne, ouvre brusquement la porte, me dérange même pour cela, déclare qu'elle appelle la garde sur moi, qu'elle prend le faïencier à témoin (*de quoi?*) Alors je lui applique, non pas un violent soufflet, comme on l'avance dans la plainte, mais une claque assez légère; encore ne l'a-t-elle reçue, que parce qu'elle est venue se placer (*ouvrant la porte*), pour ainsi dire, sous ma main gesticulante, qui n'a pris pour cela aucun élan. Ainsi, j'ai plutôt humilié que frappé l'impertinente qui, salariée chez moi, s'était permis de m'y outrager. C'est alors qu'elle décèle toute l'indignité de ses senti-mens. *Vous êtes un cochon, un salop, un lâche, et si vous voulez prouver le contraire, acceptez le défi au pistolet ou au sabre: mais ça n'a pas de cœur, ça n'a pas d'éducation.* Ma femme approuve tout. *Mademoiselle*, ai-je dit, *vous ne coucherez pas ici ce soir. — Monsieur, retirez-vous, ou je vous casse une bouteille, une barre de fer sur la tête: je n'ai pas affaire à vous.* C'est ainsi que Barre-de-Fer (surnom que lui a valu cette fameuse journée) défend ma femme, quand elle *suppose* que je veux lui faire éprouver de mauvais traitemens. Il était 9 heures du matin. Je passe la journée rue Thé-rèse; le soir entre 10 et 11 heures, je rentre rue Sainte-Anne, pour coucher; tout le monde parle

fort à son aise, comme si on n'avait rien à se reprocher ; la première personne que je rencontre
est cette fille que ma femme s'obstine à garder.
Je ne dis mot à personne ; je me couche. C'est ainsi
que depuis le 3 jusqu'au 21 de février, je rentre
chez moi le soir comme un étranger, et j'en sors
de même le matin, rencontrant toujours sous mes
yeux ou sur mes pas, cette fille, disposée à faire
du scandale, toutes les fois qu'elle voudra me supposer *des intentions*. Si je veux la mettre à la porte
de vive force, ma femme trouvera, pour la défendre, des ressources qui n'appartiennent qu'à
elle : tout sera brisé dans la boutique, les marchandises seront foulées aux pieds ; il faudra me
laisser battre, ou je serai accusé d'avoir frappé ;
devant cent personnes rassemblées, ma femme
me chargera de honteuses calomnies ; le triomphe
qu'elle obtiendra la dédommagera surabondam-
ment de la perte de l'achalandage. En effet, si elle
avait horreur de ces extravagances, sur quoi fon-
derait-elle le succès de son obstination, quand elle
sait bien que je suis assez valeureux pour traîner à
la porte cette malheureuse ? Les intérêts de nos
commettans surtout me condamnent donc à souffrir, pour sauver la boutique. On conviendra que
cette position est dure, qu'on peut bien être
tenté de chercher un autre gîte, et que l'ayant à
ma disposion, il ne fallait même pas hésiter. Ce-

pendant, il a fallu, pour m'y déterminer, une nouvelle scène qui m'en faisait craindre de plus terribles.

21. Depuis le 11 janvier, la boutique de la rue Thérèse était ouverte. Ma femme était jalouse de la demoiselle de comptoir, qu'elle y avait elle-même placée, et qu'on suppose méchamment avoir emprunté le nom de *Prudence*. On espionnait la boutique ; on savait à quelle heure elle se fermait ; j'étais censé occupé à faire la cour à la demoiselle de comptoir, quand je ne rentrais pas immédiate-ment rue Sainte-Anne, ou j'avais à dévorer la présence de Barre-de-Fer, les vexations de ma femme, un silence absolu, un désœuvrement com-plet, tandis que ma présence était de *devoir* rue Thérèse, où j'étais tranquille et respecté. En effet, ma surveillance, repoussée rue Saint-Anne, était libre rue Thérèse ; je devais l'exercer sur l'établis-sement et sur les personnes, le père Denis, la de-moiselle Prudence et Théodore. Le père Denis se couchait de bonne heure ; il ne convenait point de laisser un jeune homme seul avec une demoiselle, quelque bonne opinion qu'il ait pu faire concevoir de sa moralité, depuis vingt mois qu'il est à la mai-son. Nous sortions donc ensemble de l'arrière-bou-tique, dont cette demoiselle, qui y couchait, sur une soupente, tirait la clef en dedans. Le jeune homme montait au premier, et je gagnais la rue

Saint-Anne ; où je n'arrivais que tout juste à l'heure du coucher, quelquefois même plus tard, soit crainte d'arriver trop tôt , soit que tel fût mon bon plaisir ; et si dans ce dernier cas ma complaisance n'était pas assez ponctuelle , la tyrannie n'avait pas le droit de s'en plaindre , et moins encore celui d'en tirer des conséquences plus graves.

22. Quoique la jalousie de ma femme n'eût pas la plus légère apparence de fondement, elle n'en venait pas moins tourmenter , de mille façons, la demoiselle Prudence, qu'elle injuriait, qu'elle renvoyait, et qui ne demandait pas mieux que de s'en aller. Je consentais à son départ, sauf la condition que Barre-de-Fer, dont j'avais premièrement exigé le renvoi, partirait la première. Ma femme porte, à ce qu'il paraît, la jalousie à un très-haut degré ; mais cette passion en elle est dominée par une passion plus forte encore : celle de ne jamais démordre de ce qu'elle a une fois voulu. Ce qu'elle voulait alors était un double triomphe qui éclaterait sur les deux maisons : faire partir, à quelque prix que ce soit, la demoiselle Prudence ; conserver, à quelque prix que ce soit, Barre-de-Fer. Tous les moyens lui sont bons pour arriver à cette double fin ; elle s'efforcera (par le ministère de M. François) d'acheter à prix d'argent le départ de la demoiselle dont elle est jalouse ; elle me me-

nacera de faire afficher dans tout le quartier de la rue Thérèse, que je vis avec cette demoiselle ; elle en fera du moins courir le bruit, par quelques personnes qu'elle fera travailler, et dont elle ne marchandera pas le salaire ; elle se fera apporter pour *dix-huit-sols de lait tous les jours*, par la laitière qui s'installe en face la rue Thérèse, et qui certainement ne dira pas de mal d'une aussi bonne pratique, dont le mari, monstre barbare, dissipe la fortune par une conduite débauchée ; elle fera ensuite prendre des renseignemens par la police, dans l'espoir que ce bruit lui vaudra un rapport dans le sens qu'elle désire ; peu satisfaite du rapport, qu'elle déchire avec colère, elle aura recours aux scènes, aux esclandres.

23. Le 21 février, ma femme arrive rue Thérèse. Malheureusement pour moi, j'étais à ce moment-là auprès du feu, et la demoiselle soignait la cuisine. Furibonde, elle lance le décret que je ne pourrai me tenir qu'à la boutique, lorsque la demoiselle sera dans l'arrière-boutique, et réciproquement. Ce décret est scellé d'un coup de poing, que je reçois dans l'œil. Trente-six chandelles m'éclairent, et je ne vois goutte. J'invite ma femme à se retirer; elle ne se presse pas: j'allais lui rendre avec usure son témoignage de tendresse ; la demoiselle me retient et protège sa retraite. Barre-de-Fer eût jugé l'intention, et n'eût pas attendu les voies de

fait

fait pour appeler la garde. A compter de ce moment, j'ai cru devoir prendre le parti de ne plus
aller coucher dans la maison Sainte-Anne , qui
devenait évidemment un lieu de danger pour moi
ou pour ma femme , outre que la présence de
Barre-de-fer n'était point faite pour m'y attirer ;
et que la mienne pouvait nuire au commerce, par
le soin que l'on prend à me perdre de réputation.
Ce n'est donc pas précisément *au départ de la dlle
Sénectaire*, qui remonte au 1ᵉʳ. janvier, que j'ai
abandonné le domicile commun (36) pour me la
remplacer *rue Thérese* (où l'on me suppose prendre
tout exprès un nouveau domicile), quand il était
aussi facile de la suivre , puisque j'éprouvais pour
elle *le plus vif attachement.* Mais ce n'est là qu'une
erreur *de date* qui ne doit pas nous interrompre:
Obligé de m'interdire l'entrée de la maison Sainte-
Anne, comme je n'en ai pas une troisième , je
suis résolu de faire valable défense dans celle-ci.
Je fais donc dire à ma femme que je ne troublerai
point sa tranquillité rue Sainte-Anne ; mais que si
elle vient troubler la mienne rue Thérèse , je lui
casse les reins ; que je retiendrai la demoiselle Prudence aussi long-temps qu'elle retiendra Barre-de-
fer. Je partage donc le logement du premier avec
mon jeune homme.

24. Cependant, le soir , ma femme abandonnait
sa boutique pour venir espionner celle de la rue

Thérèse. L'inspection était d'autant plus facile, que l'arrière-boutique n'était séparée de la boutique que par des vitreaux. Le 28 février, à 10 heures du soir, elle est en faction avec sa Barre-de-fer : Théodore, la tête dans ses mains, ses mains sur ses genoux, masqué d'ailleurs par l'épaisseur de mon corps, n'est pas aperçu : nos deux dames me croient seul avec la demoiselle ; curieuses d'entendre les jolies choses qu'elle supposent que je lui dis, elles vont écouter par la porte de derrière : on ne disait rien. Elles reviennent devant la boutique ; elles cassent un carreau. Nous sortons, mon jeune homme et moi, pour reconnaître l'auteur du délit. Après quelques informations, je me dirige du côté de la demeure de ma femme, tandis que le jeune homme fermait la boutique pour mettre en sûreté la demoiselle Prudence. Je n'aperçois point deux dames avec un parapluie, ainsi qu'elles m'avaient été désignées ; je revenais tranquillement, lorsque je les rencontre, que je les dépasse même, sans les remarquer. Ma femme pousse une exclamation ; je détourne la tête ; mais préoccupé, je ne reconnais point. On veut être reconnu, une seconde exclamation succédant à la première, j'en cherche la cause, que je n'aperçois point ; ma femme voulant fixer mon attention, quitte sa compagne, me regarde, et se sauve ; je ne les reconnais point ; mais puisque c'est moi qui cause l'épouvante, ce sont sans doute les deux dames au parapluie, qu'incontinent j'aperçois, et que Barre-de-fer me cède avec une obligeance que je ne définissais pas. En conséquence de la fermeté qu'il convenait de montrer pour défendre l'habitation de la rue Thérèse, je poursuis ma femme que j'atteins en frolant, avec le parapluie. Les cris répétés, *au voleur! au voleur! à l'assassin! à l'assassin!* occasionnent un rassemblement devant la boutique dont malheureusement je m'étais interdit l'entrée; les premiers qui le composent me maltraitent de la manière la plus indigne et la plus brutale; couvert de sang, je suis traîné avec une barbarie étudiée, d'abord au corps-de-garde, puis chez le commissaire de police (quartier Feydeau). On dépose *qu'on m'a arrêté battant ma femme; que si on n'était pas arrivé, je l'aurais tuée.* Le commissaire me fait une semonce; dit, quant aux mauvais traitemens que j'avais reçus, *que je m'était mis dans ce cas-là.*

25. Je rentre chez moi. On me trouve assez maltraité pour craindre que je ne passe pas la nuit; on m'exhorte à m'occuper de ma conscience. Il était minuit. Voyant que je ne pouvais avoir ni chirurgien ni prêtre, j'ai voulu être gardé, afin que pendant le sommeil, si je devais en attendre, je ne fusse point étouffé par le sang, qui ne s'arrêtait pas, et qui obstruait les conduits par lesquels il

s'échappait. On fait demander à ma femme, du linge pour les compresses ; elle m'envoie un vieux torchon sale. Elle s'applaudissait d'avoir si bien réussi ; elle me comparait *au téméraire qui allait profaner le temple de Jérusalem, à la défense duquel Dieu avait préposé une légion d'anges.* On porte de ma part, à ma femme, ces paroles testamentaires : *Je pardonne à ma femme tout le mal qu'elle m'a fait ; je la prie d'oublier le mal qu'elle me suppose lui avoir fait : je désire voir mon fils.* On me fait réponse qu'il dort. Quelques instans après, ma femme arrive, non pas pour me faire ses adieux, mais pour injurier la demoiselle Prudence, qui me soignait, lui adresser des épithètes grossières, l'accuser de *priver un enfant de son père, une femme de son mari.* Le meurtre dont est supposée coupable la demoiselle Prudence, est sans doute avec plus de raison, un cas de croix d'honneur pour Barre-de-fer, qui jouit du port d'armes sur ce même *mari et père.*

26. Je sais bon gré à la camarade et amie de Barre-de-fer, Louise Drouin, d'être venue me visiter ce soir là ; mais je ne puis dissimuler que la conduite qu'elle a tenue depuis, est extrêmement répréhensible. Je ne lui ai jamais rien dit de désagréable ; ma femme l'a souvent mal-menée, et plusieurs fois même soupçonnée ou accusée de vol : cependant Louise Drouin témoigne à ma

femme un dévouement absolu, et ne craint pas, pour lui en donner des preuves, de me décrier de la manière la plus indigne, la plus téméraire, et la moins réservée pour une demoiselle. C'est ce qui s'appellerait *jeter de l'huile dans le feu*, s'il n'y avait pas calomnie, s'il n'y avait pas injustice et bassesse de sa part à prendre contre moi le parti de ma femme, dont elle n'a pas à se louer. La corruption d'intérêt n'y serait-elle pas pour quelque chose? Ce que je sais très-bien, c'est que ma femme manie à merveille cette arme puissante, par laquelle elle rachète ses sottises et achète l'opinion, par laquelle elle récompense et encourage le mal converti en cause qu'il faut défendre, parce qu'elle est celle du *bon cœur*, qui reconnaît les services, et qui sévèrement punit même la neutralité.

27. Le lendemain, 1er. mars, ma femme vise à un autre genre de triomphe, celui de me faire accepter ses bontés, et qu'elle veut même employer comme moyen de décider celui pour lequel elle a déjà fait tant de frais depuis un mois. Elle me fait dire qu'*un mari n'est jamais bien soigné que par sa femme, qu'il faut renvoyer la demoiselle Prudence.* Que la lionne généreuse aurait été contente de me faire dire *merci* à chaque verre de tisane ! Barre-de-fer eût apporté le sucre ! C'est néanmoins avec bien de la peine que, ce même jour, ma femme se décide à m'envoyer un peu de vieux

linge ; elle recommande de ne pas omettre de me dire que *c'était par grâce*. Elle ajoute : *Je triomphe toujours ; je le mâterai, je le dompterai, je le réduirai : les garçons boucher, menuisier, peintre, serrurier, sont venus me dire que je suis une dame respectable ; que je puis compter sur leur dévouement; qu'un de ces* quatre anges *lui a dit : Oh! que je regrette de ne m'être pas trouvé là pour le frapper à ma manière! Madame, il serait mort sur la place.* Si ma femme ne leur a pas donné *le petit pour boire*, je ne reconnais pas là son bon cœur. Quoi qu'il en soit, on est dès-lors convenu d'un signal qui annoncerait à l'avenir ma présence dans le quartier, le son du cor. Devenu convalescent, je passe devant la boutique de mercerie ; l'ange Raphaël, habillé de serviettes, embouche sa trompe ; je n'attends pas sa légion. Le lendemain, Barre-de-fer rencontre mon jeune homme : *Qu'est*, dit-elle, *venu faire M. Rey dans le quartier ? Nous savons, par le son du cor, qu'il y était hier au soir.*

28. Cependant, des amis viennent me voir ; tous veulent opérer la réconciliation. Le prêtre, dont j'ai invoqué le ministère, veut que, selon le précepte évangélique, je commence par-là. Soit le même jour, soit à des jours différens, tous veulent parler à ma femme, tous se flattent de lui faire entendre raison. Je les préviens de l'inutilité de leurs démarches, sans les en détourner.

Ma femme, qui croit que je les lui députe pour solliciter ses bonnes grâces, publie qu'*il met les pouces*, qu'*il met les pouces*; qu'*elle savait bien qu'elle le réduirait*. Elle me fait juger par-là de combien d'humiliations elle punirait mes démarches, si j'étais dans le cas d'en faire. Je ne veux pas qu'elle s'y méprenne. Je lui fais donc savoir que, pour le bonheur qu'elle me procure, je ne suis pas intéressé à la réconciliation ; que la place du dernier des galériens est préférable à la mienne ; que cependant, par respect pour l'ordre social, je ne repousse pas la réconciliation ; mais que, si elle la veut, il faut qu'elle la demande ; que, quant à moi, indépendamment que la désunion n'est pas mon ouvrage, je dois me tenir en garde contre le reproche qu'elle me prépare, et qu'elle joindrait à tant d'autres aussi injustes, celui d'être trop heureux qu'elle ait bien voulu me recevoir à résipiscence. De son côté, elle ne veut de réconciliation qu'autant que j'en ferai les frais. Elle persiste d'ailleurs à conserver Barre-de-fer, et à exiger la sortie de la demoiselle Prudence. Les conciliateurs, lassés de travailler en vain, se retirent. Ma femme ne se lasse jamais : elle court chez toutes mes connaissances ; elle leur dit tant de mal de moi, qu'il faudra bien qu'elles en croyent quelque chose. Elle espère par-là me faire *mettre les pouces* par pitié de moi-même. Si je m'y refuse, la réputation qu'elle m'aura faite lui sera utile pour motiver sa séparation, et pour couvrir le blâme attaché à une pareille demande. Dans l'un et l'autre cas elle doit me décrier. Elle a même fait l'aveu qu'elle me décrie *par besoin*, et que, malgré cela, elle aurait bien de la peine à obtenir la séparation.

29. J'envoyais rue Ste.-Anne, du petit vin pour en économiser de plus cher; voulant démontrer jusqu'où peut aller la scélératesse de son mari, madame Rey, qui ne faisait pas usage pour elle-même de ce vin, qu'elle avait jusqu'au 8 mars reçu de confiance, force le porteur (père Denis) d'en boire. Barre-de-fer ajoute : *Madame, j'avais la même idée.* Je ne suis donc pas un empoisonneur novice, puisque, pour atteindre ma victime, je sacrifie la femme François et la seconde demoiselle de comptoir, dont jusques-là, je ne sache point avoir à me plaindre. Mon envoi suivant n'est pas accepté : *Remportez ça*, dit madame Rey ; *ces demoiselles ainsi que madame François ont beaucoup de mal ; il faut qu'elles boivent de bon vin.* Elle en refuse d'ailleurs à son mari, à qui le médecin n'en ordonne que pour réparer l'angélique outrage du 28 février.

30. Elle ne se contente pas de me décrier, elle veut affaiblir mon parti, et faire avorter l'établissement de la rue Thérèse, afin que l'autre paraisse

mieux conduit par elle. Le père Denis, à qui elle avait si libéralement accordé un traitement de 800 fr., quand on pouvait trouver plus habile, plus laborieux, plus sobre, plus honnête, plus probe que lui pour 300 fr.; le père Denis dont elle avait acheté d'avance l'opinion, et qui pourtant n'embrassait point son parti démagogique, était regardé (par elle) comme la cheville ouvrière de l'établissement de la rue Thérèse : deux fois elle lui fait l'offre de cent francs pour qu'il se retire. Le père Denis n'en devient que plus insolent, me met le marché à la main; je l'accepte (10 mars). Il se rend chez ma femme pour toucher sa récompense; elle lui fait cette réponse : *Vous êtes à la porte, père Denis; vous n'avez que ce que vous meritez; vous avez dit à mon mari qu'il devait être le maître; vous êtes un gueusard.* A-t-elle bonne grâce de citer le départ de *son gueusard* comme une preuve *qu'on ne peut pas vivre avec moi?* Elle affirme d'ailleurs à tout venant, à moi-même, en présence de ses demoiselles de comptoir, *que le père Denis peut citer le jour, l'heure et la minute où il m'aurait surpris avec la demoiselle Prudence.* Si *le gueusard* n'a pas inventé cette prétendue surprise dont il repousse l'assertion, comme lui étant étrangère, ma femme voudra bien la mettre au nombre des impostures dont *le besoin* ou la passion lui dictent l'usage.

31. Depuis dix ans, M. François était, je l'ai déjà dit, mon ami intime; il désirait que sa femme entrât chez moi; ma femme la demandait; mon acceptation comme mon refus me faisait également éprouver un sentiment pénible; le désir d'obliger l'emporte; je fais valoir, *par conséquent*, les raisons de refus auprès de ma femme, qui, je m'y attendais bien, la demande avec plus d'instance; elle est admise; ma femme en est souvent mécontente, et peu s'en faut qu'elle ne s'en prenne sérieusement à moi. De même que les demoiselles de comptoir, sans en excepter Barre-de-fer, cette femme avait fort à souffrir de la déraison hautaine de madame Rey; aucune d'elles ne voulait rester; toutes les trois, et particulièrement la femme François, me dénonçaient, sans que je les en eusse priées, les mal-adresses de ma femme, avec prière d'y porter remède. Je n'avais pas à me reprocher à leur égard une seule parole déplacée ou désobligeante: aussi on me trouvait bon. Les grosses querelles viennent; ma femme intéresse son monde dans son parti : mais je me croyais assuré des sentimens de la femme François, comme de ceux de son mari, qui était souvent chez ma femme, surtout depuis qu'elle l'avait prié de tenir les comptes. Point du tout : ils se laissent asservir, et veulent aussi mériter quelque part à ses faveurs, notamment la place que laissera prochainement vacante le dé-

part de la demoiselle Prudence. Cette place, plus
au gré du mari, eût délivré la femme de la tyrannie de madame Rey. Je ne l'offrais pas, c'était assez
dire que je ne croyais pas la femme François en état
de la remplir. On espère de la calomnieuse poli-
tique ce qu'on ne pouvait attendre de *mon obligeance*; on se joint à Barre-de-fer pour corroborer
dans ma femme, l'esprit de discorde, de domination, de provocation, de vengeance, et surtout de
jalousie. *Nous connaissons M. Rey depuis long-
temps*, dit la femme François; *ce n'est qu'un liber-
tin et un polisson: il a été surpris avec des Dlles
dans une manufacture où il était employé* (il y a
six ans). Calomnies d'autant plus atroces que,
malgré le mariage subséquent, cette femme
n'en est pas moins dans le cas où elle me suppose. Des propos semblables ont encore été tenus
par elle depuis qu'elle est partie. Je n'ai jamais
refusé un service à M. François; sur quoi donc
sa femme fonde-t-elle ce reproche : *M. Rey
oublie un peu ses amis*, si elle ne convoite
pas la place de la Dlle Prudence, que je m'abs-
tiens d'offrir? Pourquoi, le 4 mars, M. François me dit-il : *Je vais retirer ma femme, qui
ne peut plus supporter la tyrannie et l'indécrotable
déraison de madame Rey, et qui craint que vous
ne pensiez qu'il y ait de sa faute, si elle ne vous
apporte pas votre fils ?* C'est qu'il croyait que le
départ de la demoiselle Prudence était irrévocable.

ment fixé au 12 mars, et que la nécessité du moins me ferait agréer sa femme, qui de très-bon cœur me trahissait, ainsi que lui, depuis cinq semaines, qui très-librement m'avait privé de la consolation de voir mon fils, et avait dit arrogamment *que je ne mérite pas de le voir.* Le départ de la demoiselle Prudence étant indéfiniment ajourné, parce que celui de Barre-de-fer ne s'effectuait pas, M. François ne songe plus à soustraire sa femme à la tyrannie de madame Rey. C'est avec vérité qu'il dit maintenant : *Je conçois très-bien que ma femme n'est point capable de tenir un comptoir, et qu'elle commettrait les mêmes bévues, les mêmes mal-adresses que madame Rey ;* mais d'après les divers points que je viens de toucher, est-il de bonne foi quand il en conclut *qu'il n'a pu ambitionner pour elle la place en question ?* N'y a-t-il que madame Rey qui se fasse illusion sur son propre mérite ? On m'avait dénoncé cette lâche trahison du mari et de la femme ; mais comme par ménagement on m'avait refusé les preuves, j'avais refusé croyance. Le 16 mars, elle parvint enfin à ma connaissance. J'adresse donc à M. François, ces quatre mots : « Maintenant que votre esprit gagné, trompé ou subjugué, manque de justesse et de justice, je vous dispense de vous occuper davantage de mes affaires. Je vous prie de retirer dès aujourd'hui, s'il est possible, ou demain au plus tard, madame François, non moins coupable que Barre-de-fer. Je jure devant Dieu, que mon esprit n'est ni trompé ni iufluencé, et que je n'agis qu'avec connaissance de cause. « L'innocent ami ne dormirait pas tranquille là-dessus : M. François sentant que je dois être fort de mes preuves, n'ose se présenter. Ses raisonnemens de la veille étaient si injustes, qu'ils m'avaient déjà ouvert les yeux sur son compte. Cent fois il avait admiré mon caractère de justice, de vérité et de patience ; cent fois et tout récemment encore, il avait abhorré dans ma femme l'esprit de déraison, de vertige, ne contradiction et de basse tyrannie ; cent fois il avait répété que le mari d'une telle femme, quel qu'il fût, ne pouvait qu'être souverainement malheureux, et que pour son compte, il n'en voudrait pas pour des millions de fortune; cent fois il avait répété que mon seul tort, si j'en avais un, était d'avoir trop de raison pour être lié à un être sans raison : d'où vient donc que sa conduite est maintenant en opposition avec ces sentimens tant de fois professés, et qu'il professe encore, quand il est serré de près ? Très-certainement un intérêt quelconque gâte dans M. François, et la conduite et le raisonnement. Madame Rey est satisfaite de l'un et de l'autre, et elle prétend devoir cet avantage *à la femme François, qui a éclairé son mari sur le véritable état des choses.* Tandis que M. François prétend n'avoir fait à ma femme que *des concessions évasives,* elle soutient avec raison, que celle-ci ne peut être considérée comme telle : *J'ai été long-temps aveugle sur le compte de M. Rey ; maintenant je vois clair ; il n'est plus digne d'être mon ami ; je serai votre soutien ; je servirai de père à votre enfant.* M. François la dénie, ma femme la maintient vraie ; qu'ils se débattent. Ce qu'il y a de certain, c'est que M. François n'est point mon avocat chez nos connaissances communes. Il m'a dit à moi-même, le 15 mars : *Je vois d'une manière diamétralement opposée à la vôtre ;* c'est dire qu'il embrasse sans restriction, le parti de ma femme : dans la même entrevue, il m'a réitéré ce témoignage un peu hasardé : *Il serait difficile de trouver un homme qui raisonnât plus juste que vous ;* c'est au moins dire que ma femme ne raisonnera pas mieux : et peu de jours au paravant: *Ce qu'il y a de mieux à faire pour vous, c'est de lui céder en tous points ; c'est votre lot ;* c'est dire qu'elle est excessivement méchante, et alors c'est se flétrir, que de prendre son parti, quand il ne lui est dû qu'un intérêt de pitié. (C'est dire encore, qu'il faut remplacer la dlle. Prudence par Mme. François, et procurer à son mari le mérite d'avoir maintenu Barre-de-fer dans sa place.

32. Revenons à ce fameux triomphe auquel ma femme a sacrifié son sort futur et celui de son fils : conserver Barre-de-fer, congédier la demoiselle Prudence. Pour arriver à ce double-but, la do-

mination altière de madame Rey, qui ne connaît
point de loi, mettra en jeu la calomnie, l'intérêt,
la vengeance, le scandale, la perfidie, et même
la morale, quelle défend comme l'ours tue la
mouche sur la jambe de son ami (*avec un pavé*).
Diaboliquement obstinée à conserver Barre-de-
fer, qui m'avait outragé, et que le 3 février j'a-
vais renvoyée, ma femme exige, après le 21 du
même mois, la sortie de la demoiselle Prudence,
au départ de laquelle je consens, quoiqu'elle soit
sans reproche, parce que je crois que tel est mon
devoir, puisqu'elle porte ombrage à ma femme.
Mais à l'égard de madame Rey, j'ai bien le droit
de retenir cette demoiselle jusqu'à ce qu'elle ait
renvoyé sa Barre-de-fer. Ma femme voulant anéan-
tir pour jamais mon autorité, foule aux pieds les
élémens de la raison, élude le point de droit, suppose une liaison que le sens commun rejette (puisqu'elle pourrait la rompre par le renvoi de Barre-
de-fer, qu'elle ne peut d'ailleurs conserver que
pour la ruine tout au moins de son ménage), con-
sidère et fait considérer *isolément* cette liaison
supposée, très-propre à opérer le départ de la
demoiselle Prudence. Pénétrée de la justice de ma
cause, et persuadée que son départ, avantage im-
mense pour la méchanceté, était un tort fait à mon
bon droit, et un moyen de moins dans mes mains
pour évincer Barre-de-fer, la Dlle. Prudence

cédait obligeamment au besoin que j'avais de la retenir *encore quelques jours*. Animée par la résistance, la passion de dominer poussait ma femme à tout extrème ; je prévoyais le moment où il serait tout aussi impossible qu'inconvenant de retenir cette Dlle. J'invoque donc l'autorité publique pour forcer le départ de Barre-de-fer. Le commissaire du quartier Feydeau, qui avait eu tant de peine à m'absoudre de ce qu'on m'avait assommé, accueille difficilement mon réquisitoire contre cette impertinente dragonne. Cependant elle est mandée chez lui, ainsi que ma femme ; elles sont enchantées que je leur fournisse cette occasion de me décrier ; pour confirmer M. le commissaire dans leur cause, ma femme lui adresse M. François, qui en était connu par des rapports administratifs, et à qui M. le commissaire devait tout naturellement accorder quelque intérêt de faveur et de réciprocité. M. François voulant d'ailleurs éviter qu'il fût question de sa femme, et la préserver du réquisitoire dont je lui avais fait grâce jusque-là, persuade M. le commissaire de ne pas me permettre *un seul mot* à l'avenir. Deux jours après, je me rends chez M. le commissaire pour savoir si Barre-de-fer était partie. Il me dit qu'elle resterait encore une douzaine de jours, qu'on avait de graves reproches à me faire, et après m'en avoir retracé le calomnieux tableau, il quitte brusquement son cabinet.

Je

Je le suis: en vain le prié-je instamment de m'accorder *une minute*; il méprise ma prière comme ma personne; le juge qui me condamne à souffrir encore pendant douze jours chez moi l'insolente Barre-de-fer, ne peut supporter un instant mon honnêteté! *Sortez de chez moi*, dit-il, *je vous en donne l'ordre*: en même temps il ouvre la porte, et j'obéis. Grandes réjouissances pour ma femme et compagnie. La Dlle. Prudence veut définitivement partir; je lui répète encore que son départ anticipé de quelques jours, porterait le dernier coup à mon autorité. On me dit du bien du commissaire de la butte des Moulins; je me rends chez lui; et après lui avoir fait connaître l'état des choses, je lui expose le déni de justice de son confrère, je le consulte sur les moyens à prendre pour évincer Barre-de-fer, sur la conduite que j'avais à tenir à l'égard de ma femme, pour ne pas tomber dans quelque cas répréhensible. Ce M. le commissaire est convaincu aussi que je vis avec la Dlle. Prudence; et s'écartant de la question, fait tous ses efforts pour me le persuader à moi-même. Pour le coup, je suis tenté de croire que ma femme a donné son âme au diable, à condition qu'il la *diaboliserait* en ce monde. Cependant, comme j'aime mieux lutter contre le diable que de l'invoquer, j'adresse une lettre assez vertement écrite à mon premier commissaire, que je menace de l'autorité de M. le

E

Préfet de Police, et je détermine un amendement à sa première décision.

33. Le 25 mars, ma femme veut faire une dernière scène à la demoiselle Prudence, et se faire battre par moi, s'il est possible. Afin que personne n'en ignore, elle entre cette fois, suivie de deux commissaires. Elle débute par les injures les plus scandaleuses ; les commissaires se retirent ; la demoiselle se réfugie chez une voisine ; je supporte seul la tempête. Désespérée que je ne fournisse pas matière à séparation, elle veut au moins faire une esclandre. *Voisins , dit-elle , vous réfugiez cette polissonne ? c'est la s. de mon mari ; je suis femme légitime , je suis fille de propriétaire , j'ai fait le bonheur d'un ingrat , d'un monstre.* Puis elle se plaint qu'on lui enlève sa Barre-de-fer ; *elle était, dit-elle , l'ame de l'autre boutique , comme le père Denis était l'ame de celle-ci.* Ne dirait-on pas qu'elle a offert de l'argent à son *gueusard* pour le faire rester, et que c'est moi qui éloigne *toutes les bonnes ames* ? Quoi qu'il en soit, cette scène me fait rendre les armes, le départ de la demoiselle Prudence est fixé au lendemain, deviendra mon autorité ce qu'elle pourra. Mais le lendemain, j'apprends que le commissaire a servi ma cause (pour ne pas desservir la sienne), que Barre-de-fer venait de partir, et que ma femme en était pour les frais de son double triomphe, qu'elle eût acheté

au prix de cent millions, et qu'elle manque pour trente ou quarante heures. N'est-ce pas dommage!!!

34. Cependant les voisins sont indignés du scandale que vient de faire madame Rey ; si on n'avait pas craint de me manquer à moi-même, on l'eût chassée honteusement. On prétend, parce qu'on ne la connaît pas assez, que je manque de fermeté ; je sens moi-même que ma conduite passive a plus d'un inconvénient : c'est pour ma femme un aveu tacite des turpitudes dont elle m'accuse ; c'est une apparente faiblesse dont elle fait un profit réel, toujours au détriment de mon autorité ; parler, on ne trouverait pas son tour ; se taire, c'est avoir tort ; vociférer comme elle des injures dégoûtantes, n'est pas admissible ; l'humilier par les termes de *bête* et *d'imbécille*, c'est me faire répondre que *je ne suis pas digne de la posséder* ; la battre, c'est ce qu'elle cherche, et elle n'en serait pas meilleure ; lui jeter ma prise dans les yeux (*ou à côté*) quand elle me tourmente ou qu'elle me provoque par trop, *c'est*, disait naguère M. François, *du tabac de perdu* ; *c'est*, dit-il maintenant, *une méchanceté noire* (puisque le tabac n'est pas blanc). Une méchanceté jaune eût peut-être produit un bon effet ; voisins, qu'en pensez-vous ? — Méchanceté *jaune* ?.... Ah ! de la moutarde. Vous eussiez très-bien fait. — J'en es-

sayerai. — Mais elle ne viendra plus, maintenant que votre demoiselle est partie. — Ne trouvera-t-elle pas d'autres sujets de querelles ? D'ailleurs, Théodore me reste.... — Est-ce qu'elle en a aussi après M. Théodore ? Ce jeune homme si doux, si réservé, n'a même pas de rapports avec elle. — Elle paraisait l'aimer comme son fils, il lui était attaché, elle lui faisait des cadeaux, ils ont impolitiquement cessé dans ces derniers temps ; le jugement du jeune homme ne s'en est trouvé que plus libre ; elle est d'ailleurs devenue de plus en plus méchante, il n'a pas applaudi ses extravagances, et c'est déjà une faute irrémissible : ajoutez à cela que, pour faire croire à ma prétendue liaison avec la demoiselle Prudence, elle ose avancer qu'avant son entrée à la maison, une parfaite union régnait dans le ménage ; Théodore sait le contraire, et c'est une faute non moins grave. Jugez si elle doit vouloir sa sortie. — Ce jeune homme paraît vous être attaché. — Je le croyais.... — Ne va-t-il pas se marier ?.— Oui, prochainement : aussi ma femme aura-t-elle la douleur de ne pas le punir assez, supposé qu'elle avance son départ de quelques jours.

35. Le 28 mars, vers 3 heures, ma femme vient nous faire une petite visite. J'étais sorti ; elle trouve Théodore à la boutique. Elle l'accuse de mauvaise conduite ; elle lui prodigue les injures les plus grossières ; elle suppose *que je l'ai surpris avec la Dlle*

Prudence; elle crie à tue tête, frappe du pied, frappe
du poing sur le comptoir, fait tout trembler ; et lui
présentant le poing sous le menton : *foutu hypo-
crite*, dit-elle, *je te casserai la gueule ; vous avez
dit à ces demoiselles que mon mari était juste et
bon par excellence, et qu'à sa place vous seriez
plus méchant que lui, qui n'est qu'un monstre, et
vous un traître.* La première demi-heure est bien
employée ; j'arrive, et deux autres demi-heures le
seront encore mieux. Pour que nous ayons réciproquement à nous plaindre, elle accuse fortement Théodore de *m'avoir décrié*, et moi *d'avoir
voulu violer sa future épouse.* Si elle en parle, ce
n'est que par acquit de conscience, et sans préju-
dice des injures et des calomnies plus ordinaires.
Le monde qui passe n'a pas besoin de prêter l'o-
reille ; ma diffamation *si glorieuse pour ma femme*,
sera l'écho du quartier. C'est un excellent moyen
pour faire prospérer un nouvel établissement.
Après avoir laissé à madame Rey tout le temps
d'exhaler sa bile, je l'invite, je puis le dire, avec
une douceur d'ange, à se calmer, à se retirer, lui
rappelant que je ne trouble point son repos rue Ste-
Anne, et que puisqu'elle ne peut d'ailleurs que
répéter ce qu'elle n'a déjà que trop dit, qu'elle se
tienne satisfaite. *Tout ça*, dit-elle, *c'est de mon
argent ; c'est ici chez moi ; je suis bien libre d'y
faire tapage tant que bon me semblera.* Elle cher-

che à se faire battre ; je suis résolu de m'en abs-
tenir : mais à peine la moutarde me monte-t-elle
au nez, qu'elle en a déjà jusque par - dessus la
tête. Elle se laisse barbouiller, elle se laisse mettre
hors de la boutique, sans faire la moindre résistance. Un rassemblement se forme : *Voilà,* dit-elle,
comme mon mari me traite ; il vit (au moins fau-
drait-il, *vivait* 33) *avec une salope, je suis femme
légitime, j'ai fait son bonheur, c'est un monstre., je suis fille de propriétaire.* Elle casse deux carreaux auxquels elle se fait saigner les mains ; elle
met ce sang à profit pour faire croire qu'elle a été
battue ; elle rentre, et continue de m'injurier ; j'applique une seconde couche de moutarde, et je mets
de nouveau la femme à la porte ; je reste dans la
boutique, et je m'y enferme. Madame Rey va porter sa moutarde chez le commissaire de la butte
des Moulins ; on pense bien que M. le commissaire
n'a pas pris la peine de la débarbouiller. Sortant
de là, elle établit son cabinet de toilette dans une
allée, députe un commissionnaire pour qu'on lui
apporte un rechange. Elle rentre chez elle, et se
promet de faire bon usage de la moutarde dans sa
plainte, avec la résolution néanmoins d'éviter la
récidive. Depuis ce jour-là, je suis privé d'outrages
à domicile.

36. Maintenant que l'on est éclairé sur les faits,
il convient de mettre sous les yeux l'Exposé que

ma femme adresse à M. le président du tribunal de première instance de la Seine, à l'effet d'obtenir la séparation. Les griefs que ma femme consigne dans sa plainte sont accompagnés de numéros d'ordre qui renvoient aux faits détaillés dans ce Mémoire. «La dame Louise-Charlotte Hirth, épouse du sieur Gabriel Rey..... a l'honneur de vous exposer que depuis le renvoi d'une fille de boutique pour laquelle M. Rey avait montré le plus vif attachement (16, 17)..... M. Rey a aussi déserté le domicile commun, rue Ste.-Anne, n°. 64, et s'est allé réfugier rue Thérèse, n°. 1, où il vit, depuis cette époque, avec une autre demoiselle, dont on n'a jamais pu savoir le nom véritable, mais qui se fait appeler Prudence (*fin de* 20, 21, 22, 23); que depuis cette liaison, M. Rey s'est porté, envers son épouse, aux plus grands excès, et s'est permis les injures les plus atroces ; que notamment, pendant les mois de janvier, février et mars 1821, il l'a traitée de la manière la plus indigne ; qu'il l'a précipitée à onze heures du soir du haut en bas de l'escalier.... qu'il lui a porté en même temps un coup de pied dans le côté, avec tant de violence, que pendant long-temps Madame Rey en a porté les marques (19); que quelques jours après, M. Rey voulant faire essuyer les mêmes traitemens à son épouse, elle fut défendue par une de ses demoiselles de boutique, à qui, dans le transport de sa colère, M. Rey appliqua le plus violent soufflet (20); que sur les représentations qui lui étaient faites par des amis communs, il n'a jamais répondu que par des imprécations contre sa femme (28), et en exprimant l'affreux désir *de la voir crever* (37) *ou de lui casser les reins* (23); qu'enfin, audit mois de *mars*, l'exposante s'étant présentée au domicile de son mari, rue Thérèse, n°. 1, celui-ci, après l'avoir frappée et couverte de moutarde (35), l'a poursuivie dans la rue Sainte-Anne, en la maltraitant, au point d'occasionner un rassemblement nombreux sur la voie publique, et de se faire arrêter et conduire (*en février*) chez M. le commissaire de police du quartier Feydeau (24)..... Fait en la chambre du conseil, le 11 avril. Enregistré le 21 avril 1821.

37. *L'affreux désir de crever*, ma femme l'a exprimé plus d'une fois; souvent aussi elle m'a répété que je désirerais *qu'elle fût crevée*, que je lui donnerais volontiers *le coup de pouce*; j'ai deux ou trois fois enchéri sur ces termes révoltans, et les ai persifflés, dans l'espoir que ma femme les reproduirait avec moins de satisfaction. *Quand est-ce donc*, lui dis-je un jour qu'elle en faisait usage, *quand est-ce donc que tu me régaleras de ta crevaison ?* M. François, à qui j'ai raconté cela, et qui était encore mon ami, m'a fortement engagé à ne point badiner avec ces sortes d'expressions, disant qu'une femme comme celle-là était capable de tout, qu'avec la précaution du contre-poison, elle pouvait, sans exposer ses jours, compromettre les miens, ou me livrer à des enquêtes infamantes. Cet autre *affreux désir de pouvoir lui casser les reins* semblerait dire que ma femme m'a laissé manquer d'occasions. Je ne suis ni assez ingrat, ni assez injuste pour lui adresser un pareil reproche. Tout

le contenu de la plainte n'est qu'un modèle d'exagération , d'astuce et de mauvaise foi ; des faits séparés par un intervalle d'un mois ou six semaines , et présentés comme instantanés, s'y prêtent une force mutuelle. A la date du 11 avril , on ose dire que je vis rue Thérèse , n°. 1 , avec la demoiselle Prudence , qui n'y est plus depuis le 26 mars, et qui n'y était que parce que ma femme l'y avait placée. Mais mon Mémoire , dont les détails ne laissent rien à désirer , mettra à même d'apprécier la justice qui est due à la plainte.

38. Cependant le 26 avril , nous comparaissons mari et femme , pardevant M. le président ; ce Magistrat fait de vains efforts pour nous réconcilier. Ma femme , à qui la contradiction est si naturelle , tire avantage de braver les conséquences de sa démarche , que M. le président s'applique à lui faire sentir. Le Magistrat jugeant en référé , renvoie la cause pardevant le tribunal, et autorise la dame Rey a résider provisoirement rue Sainte-Anne , n°. 64. Ce jugement m'interdit l'entrée de la boutique de mercerie , dont le commerce se fait sous mon nom. Les marchands qui avaient ouverts des comptes à cette maison , voyant que la désunion du ménage allait toujours croissant, et que ma femme négligeaient les payemens, concevaient de justes inquiétudes ; l'un d'entre eux à qui il était dû une assez forte somme , rappelle plusieurs fois à ma femme que ses promesses d'à-comptes ne se réalisaient pas ; il demande qu'on lui fasse des billets : ma signature était nécessaire ; ma femme veut se passer de moi. Le marchand , souvent lassé par des malhonnêtetés , et toujours par d'illusoires promesses , expose à ma femme qu'elle le mettait dans le cas d'exercer des pour-

suites qui auraient pour résultat la saisie, et de plus l'emprisonnement de son mari. *Oh ! Monsieur*, dit-elle à ce mot d'emprisonnement, *vous ne sauriez me rendre un plus grand service ; faites-le mettre en prison, et vous serez bien payé ; si vous ne l'y faites pas mettre, je ne vous paye pas.* Le marchand exerce des poursuites, non pour me faire mettre en prison, mais pour être payé. Ma femme reçoit des assignations, des jugemens par défauts, des contraintes par corps. Le 10 mai, j'apprends que ma liberté était à la discrétion du marchand ; je vais le voir ; j'offre de me rendre volontairement en prison. Il me raconte combien ma femme l'avait vexé, me dit qu'il ne demandait que sûreté ou payement. Je fais mes efforts pour sauver la boutique au profit de ma femme, même en cas de séparation prononcée ; il ne m'en eût coûté que d'accepter les offres obligeantes d'un ami à qui il convenait pourtant de donner au moins une demi-sûreté. Ma femme qui, par suite de la mauvaise organisation de son esprit et de son caractère hautain et contradicteur, veut aujourd'hui ce qu'elle ne voulait pas hier, et demain ce qu'elle ne veut pas aujourd'hui, et qui se complaît à ravaler même ceux qui l'obligent, a fini par perdre tout le fruit de mes démarches, qu'elle seule avait rendues longues et difficiles.

39. Cependant, elle ne perd pas de vue la séparation ; la nouvelle assignation que je reçois me rouvre d'ailleurs l'entrée du domicile rue Sainte-Anne. La nécessité d'y paraître, jointe au désir de voir mon fils, me fait vaincre la répugnance que j'ai d'y porter mes pas. Ma femme crie, tempête, m'injurie, m'outrage, veut que je fasse serment que je n'ai pas eu d'intimité avec la Dlle Prudence,

fait le serment affirmatif *qu'on le lui a dit*, m'accuse de la réduire *sur la paille*, vante le talent de ses doigts, veut cependant que je lui fasse un sort ; et tout cela, devant tout son monde, qui se permet des impertinences. Louise Drouin (26) : *Allons, monsieur, donnez donc satisfaction à madame.* C'est elle qui a fait la réponse calomnieuse, page 7. La remplaçante de Barre-de-fer (qui, changeant de schal et de chapeau en tant que de besoin, espionne à merveille la maison rue Thérèse) sert avec zèle les passions de mad. Rey ; mes avis extrêmes *ne sont que des mots* ; ma femme, défendue par elle, lui passe le ton protecteur ; j'impose silence à la Dlle de haut parage ; elle ne tarde pas à le rompre ; *Mademoiselle*, lui dis-je, *ces débats vous sont étrangers, vous m'êtes assez étrangère, vous ne m'avez même pas donné votre nom. — Je n'ai pas affaire à vous. — J'ai bien moins affaire à vous, moi-même. Quel est votre nom ? — Léontine Simon.* Je sors. La précieuse veut que je sache que mon autorité n'est pas pour cela reconnue ; au risque d'être *déshonorée* (voyez page 7), elle vient me dire (*faussement*), rue Thérèse, qu'*elle part ce soir. Je ne veux pas,* ajoute-t-elle, *que vous me mettiez dans votre pamphlet... Des sujets comme nous ne méritent certainement pas....* Je réponds : *Pas même Barre-de-fer ? — C'est différent, mais nous.... — Mais vous, vous faites un peu tard votre réclamation.* Vous ne voulez pas ! croyez-vous que Barre-de-fer veuille ? *Vous vous êtes plus d'une fois impertinemment émancipée en ma présence. — C'est pour la calmer* (Mad. Rey.) *— C'est avec des calmans comme ceux-là qu'on la rend de plus en plus méchante.*

40. Voici cependant un exemple de sa bonté.

Pourquoi, dis-je à la bonne, *le petit a-t-il les yeux pleureurs ? — C'est qu'il a un peu crié. Taisez-vous*, lui dit mad. Rey, *ça me casse la tête*. Je demande : *combien a-t-il de dents ? — Toujours le même nombre. Sacrée garce*, dit mad. Rey, *vous parlez encore ?* Puis, pour me chasser, elle s'arme d'une marmitte que la bonne lui arrache ; elle saisit un couteau, la bonne la pousse et le lui retire ; elle en rencontre un second, qu'un troisième remplace, en attendant le quatrième. Cette bonne (*Joséphine de la rue du Dragon*), battue quelquefois par ma femme, continue de lui être dévouée ; en admettant que ce soit un mérite, répare-t-il le tort d'être restée chez moi, contre mon expresse volonté ?

41. Le fonds de mercerie est vendu à 1100 fr. de perte. Il résulte de l'inventaire, un déficit d'environ 5000 fr. dans les marchandises ; ma femme avoue qu'elle en a soustrait. L'établissement de la rue Thérèse était miné d'avance par la déloyauté d'un homme (30). Peut-être le mal n'eût-il pas été sans remède, si ma femme n'y avait pas mis le comble. Les frais assez considérables d'établissement, s'y trouvent donc faits en pure perte. Cependant, au milieu de ce désastre, les créanciers trouvent, à très-peu de chose près, de quoi se payer ; si la soustraction des marchandises eût été moins forte de quelques centaines de francs, nous étions au pair ; l'avenir, je l'espère, nous y mettra. Les créanciers savent que je ne pouvais pas supposer cette soustraction ; ils sont satisfaits de ma conduite et de mon abandon général ; je n'ai qu'à me louer de leurs égards Ma femme a fait sa perte de gaîté de cœur ; j'avais dès long-temps prévu qu'elle la ferait d'une manière ou d'une au-

tre , et tout aussi bien avec une seule boutique qu'avec deux ; dans ce dernier cas , j'espérais en sauver une ; je pensais même que moins habituellement avec ma femme , je m'en trouverais mieux ; elle m'a prouvé le contraire : mais ma patience , perfectionnée par elle , n'a plus de revers à redouter. L'honneur me reste ; tout va bien.

42. Les réclamations que me fait ma femme par sa seconde assignation , sont à peu près aussi fondées que les griefs qu'elle établit dans la première. Elles s'élèvent presque au double du capital qu'elle avait (1). Quoi qu'il en soit, la séparation de bien, exprimée de la manière la plus étendue dans son contrat de mariage , lui laisse la libre disposition de ses deniers, qu'elle ne m'a que trop fait sentir, et dont elle n'a malheureusement pour elle, que trop abusé. Lorsque ses co-héritiers ont acheté et payé sa part dans la propriété commune , qui leur a donné quittance ? Mad. Rey ; elle seule en avait le pouvoir ; tout autre qu'elle, inhabile à toucher, n'aurai...ou quittancer. Tout mon pouvoir sur les deniers de Mad. Rey, se réduit donc à des avis qui, bons ou mauvais, goûtés ou rejetés, ne peuvent, en aucune façon , rendre illusoire cette libre disposition contractuelle , et conséquemment la responsabilité m'est étrangère.

43. Le 30 mai, le fond de mercerie étant vendu, ma femme en est partie ; j'ignore , jusqu'au jour-d'hui 25 juin, ce qu'elle est devenue ; mais je juge moralement qu'elle n'est pas encore devenue bonne , que mon fils n'a pas de bon lait, et Dieu sait quand je le verrai.

Signé R E Y.

Imprimerie de Madame Veuve PORTHMANN, rue Sainte-Anne, N°. 43.

www.ingramcontent.com/pod-product-compliance
Ingram Content Group UK Ltd.
Pitfield, Milton Keynes, MK11 3LW, UK
UKHW020950140726
13695UKWH00003B/1320